AMOR...
Y MÁS ALLÁ

ADA WEST

AMOR...
Y MÁS ALLÁ

Rocaeditorial

Penguin
Random House
Grupo Editorial

Primera edición: febrero de 2025

© 2025, Ada West
© 2025, Roca Editorial de Libros, S. L. U.
Travessera de Gràcia, 47-49. 08021 Barcelona

Printed in Spain – Impreso en España

ISBN: 978-84-10096-82-0
Depósito legal: B-21.251-2024

Compuesto en Mirakel Studio, S. L. U.

Impreso en Liberdúplex
Sant Llorenç d'Hortons (Barcelona)

RE96820

Para Ana Belén,
la hermana que encontré en el camino

Peut-être je comprenais déjà que les fantômes sont invisibles, parce que nous les portons en nous-mêmes.

Quizá comprendía ya que los fantasmas son invisibles porque los llevamos en nuestro interior.

MARGUERITE YOURCENAR

Entre bambalinas

Acababa de terminar el concierto.

Mi amiga Jackie me había dejado entrar en el camerino de Danard. Llevaba quince minutos esperándolo, con el corazón en la garganta.

Tic-tac… Los minutos pasaban.

Hacía un rato que había dejado de oír la música de fondo.

Danard estaba tardando. Seguro que varias personas le habían hecho detenerse para felicitarlo, pedirle autógrafos, darle un abrazo…

Ojalá nadie fuera demasiado importante o insistente para retenerlo mucho tiempo. Después de todo, él no sabía que *yo* lo estaba esperando.

Ni siquiera me conocía.

Me miré de nuevo en el espejo, rodeada de luces, y me pellizqué suavemente las mejillas para darles un poco de color. No estaba mal. Para qué negarlo, me encontraba atractiva.

En ese momento oí un ruido de pisadas en el pasillo y el pulso se me aceleró todavía más.

Se abrió la puerta.

Era él.

Danard Wilder.

En persona.

Venía solo. Arrebatador. Guapo a reventar, a pesar del sudor. A pesar de la extenuación del concierto. Y de su palidez.

Llevaba su mítico tatuaje, la delgada flecha negra que le cruzaba el ojo en diagonal, como la que atraviesa un corazón.

Me miró con sorpresa.

Me enderecé armándome de valor.

—Danard, yo… —empecé a decir.

—Estás aquí —dijo él contemplándome atónito—. Eres tú —afirmó con incredulidad.

Titubeé.

¿Me conocía? ¿Le había hablado de mí el padre de Jackie? Entonces ¿no debía presentarme…? ¿O sí?

Había ensayado aquella conversación muchas veces llenándola de seducción, de misterio… Pero en ese momento no sabía qué decir. No me acordaba ni de mi nombre.

Danard interrumpió mis pensamientos.

—Te he esperado tanto tiempo… ¡Eres tú!

Aquellas palabras me desarmaron. Sentí como si se me cayera al suelo el escudo, la espada…, todo lo que llevaba por dentro para llenarme de valentía y seducirlo.

Pero, a la vez, me quitó un peso de encima. Ya no tenía que disimular, que aparentar ser alguien que no era.

Sin quitar los ojos de los míos, Danard apoyó la guitarra eléctrica contra la pared y vino hacia mí.

Y yo avancé hacia él.

Me cogió la mano. Al sentir su tacto, tan real, comenzó a temblarme el cuerpo entero. Sentí una corriente de energía que me impulsaba hacia él. Toda mi sangre, todas mis células se volcaron en su dirección.

—Alba —me llamó por mi nombre mientras acercaba los labios a los míos—. Alba —repitió.

Y me besó. Su beso aquietó mi temblor.

Fue un beso lento, sentido. Tan intenso que se paró el reloj del camerino. Todos los relojes del mundo.

Me rodeó con los brazos.

Noté su cuerpo. La realidad de su cuerpo contra mi piel. Deseé fundirme en aquel abrazo. Ser parte de Danard.

Me levantó unos centímetros del suelo y me besó apasionadamente el cuello. No pude reprimir un suspiro de felicidad.

Era Danard. ¡El mismísimo Danard Wilder quien me besaba así!

—Alba —dijo por tercera vez.

Pero, en ese momento, pasó algo. Me dejó en el suelo y bajó la vista.

—Tú tenías que salvarme…

Lo miré extrañada queriendo comprender su cambio de ánimo. Alzó los ojos hacia mí, llenos de dolor, y repitió:

—Tú tenías que salvarme… de la muerte.

Después me reprochó apretando los dientes:

—¿Dónde estabas?

Entonces, donde sentía la presencia de su cuerpo, su calidez, noté un escalofrío. Su figura se deshizo en millones de píxeles que fueron perdiendo brillo hasta apagarse y caer al suelo en un montón de polvo, de ceniza.

O era mi alma lo que había caído a mis pies al darme cuenta de que todo era un sueño, otra vez.

En mi habitación entraban los primeros rayos del amanecer.

Danard Wilder había muerto en 1997.

Antes de que yo naciera.

Antes de que pudiera conocerme.

Antes de que me diera tiempo de salvarlo de nada.

La mujer que amé se ha convertido en fantasma.

Yo soy el lugar de sus apariciones.

JUAN JOSÉ ARREOLA

1

Un agujero en el mapa

¿Te puedes enamorar de alguien que nunca llegaste a conocer?
¿Alguien que murió hace más de veinticinco años?

Mi respuesta es sí, sí y sí.

De adolescente había estado loca, loca perdida por Danard Wilder. Sentía que esas canciones que escribió antes de que yo viniera al mundo, de alguna forma, me las había dedicado a mí.

Lo sé, no era original. Danard tuvo millones de fans en vida. Millones de jóvenes que gritaban histéricos con cada gesto suyo, con cada palabra, con cada verso. Había llevado el rock indie a otro nivel. Arrastró multitudes. Y su muerte y el misterio que envolvió los detalles no han hecho más que agrandar su fama desde entonces.

Pero yo había soñado tantas veces con él que, al cabo de los años, era como si de verdad nos conociéramos. Como si tuviéramos una relación paralela a la realidad, con encuentros esporádicos, en sueños, cada varios meses. Continuábamos una situación del sueño anterior o revivía la excitación de un primer encuentro con él comenzando de cero otra vez.

Cuando empezó lo que voy a narrar, yo llevaba ya un tiempo descreída del amor. Me refiero al amor que podemos llamar «real».

Una vez pasadas las primeras experiencias fuertes, los primeros desengaños, me parecía que todo era una especie de juego. Un juego en el que envuelves una y otra vez el mismo regalo con papeles distintos, sabiendo de antemano lo que te vas a encontrar, e intentas fingir sorpresa. Y emoción. Engañarte a ti misma.

Salir a cenar o al cine, las preguntas de siempre… Alguna frase que te hace sospechar que esa no es la persona. Varios meses para confirmarlo. Llega una tarde o noche dramática en la que todo estalla. Vuelves a casa con las palabras atravesadas en la garganta, pero con la sensación de que has hecho lo que tenías que hacer: el regalo pesaba, era repetido y, además, te quedaba pequeño.

Sin embargo, un día conoces a alguien de nuevo y vuelta a empezar. Salir a cenar o al cine, las preguntas de siempre…

Lo bueno es que, durante esta eterna rueda, Danard Wilder seguía viniendo a verme en sueños. Nuestra relación continuaba creciendo en mi interior. Relación absurda, lo sé, pero…, de alguna manera, relación.

Su música también me acompañaba. Para mí, tenía esa voz familiar que con solo escuchar su timbre te conectaba con lo mejor de ti. Con tus ideales. Con el amor que siempre imaginaste.

Habré escuchado más de un millón de veces cada una de sus canciones menos conocidas. Y la más famosa, «Gap in the Map», fue la banda sonora de mis quince años y era ya parte de mí.

Según cuenta una leyenda urbana, escribió «Gap in the Map» al llegar a una ciudad sin dinero y con un mapa roto en el bolsillo. Se la dedicó a una «diosa» que conoció exactamente en el lugar donde había un agujero en el mapa. Y su recuerdo lo dejó marcado.

Hay muchas teorías sobre qué tipo de diosa era. Algunos creen que vio la imagen de una santa o de una Virgen local reproducida en un anuncio, o que era un cuadro o un grafiti…

Pero, si me preguntan a mí, después de escuchar la canción en bucle durante años, creo que la diosa era tan diosa como lo podría ser yo; yo con la moral alta después de arreglarme para salir un viernes por la noche.

Habré escuchado, tarareado y cantado tantas veces aquello de:

Más roto que mi mapa.
Más roto que mis dedos
por las cuerdas de la guitarra.
Más roto que mi voz,
de llamarte,
de cantarte
por los escenarios de la madrugada.
Más roto,
diosa de los abismos,
de las tierras,
de las malvas,
más roto quedé yo.
Más roto que mi mapa.

Así que cuando leí que Andrew Brooks había comprado la mansión de Danard, llamada precisamente Gap in the Map por la canción que le había traído el éxito, no perdí un momento.

Andrew Brooks, el famoso productor musical, era el padre de mi mejor amiga.

Conocí a Jackie Brooks en Miss Porter's, la exclusiva escuela para señoritas de Connecticut.

Mi familia era de clase media, pero, gracias a una inversión inmobiliaria que hizo mi madre, tuvimos cinco años muy buenos; «los de las vacas gordas», como los acabamos llamando todos en vista de lo que pasó después. Fue en aquella época cuando, aconsejados por no sé quién, mis padres me enviaron a estudiar al internado de Miss Porter's. Estuve allí de los catorce a los dieciséis años.

Y coincidí con Jackie. Sus padres, aunque eran de Connecticut, en aquel tiempo también vivían a más de cuatro mil quinientos kilómetros, pero en la otra dirección. En Los Ángeles.

Ella sí que estaba montada en el dólar. Andrew Brooks, que había sido el productor de Danard Wilder en vida, seguía ganando con los derechos de sus discos y también llevaba a otros grupos mundialmente famosos.

A pesar de las diferencias sociales y culturales, enseguida conectamos. Las dos éramos nuevas allí. Yo le contaba curiosidades de España y de Madrid, la ciudad donde vivía, y ella me hablaba de las *celebrities* que había conocido en las fiestas que daban sus padres. También me contaba anécdotas de ellos con Freddie Mercury, Leonard Cohen, Robert Plant, David Bowie, Kurt Cobain, Roger Waters… y, cómo no, Danard Wilder.

Las clases eran muy exigentes y debíamos dedicar muchas horas al estudio, pero, en nuestro tiempo libre, Jackie y yo creamos nuestro propio mundo.

El jardín era magnífico: amplias superficies de césped con árboles, un estanque, una zona dedicada a las mariposas, llena de flores llamativas y desconocidas para mí…

En una de las fachadas de las casas, un gran reloj de sol advertía, en letras de oro: TEMPUS FUGIT.

Había bancos e incluso una cafetería con terraza donde sentarse a charlar, pero Jackie y yo teníamos nuestro pequeño rincón, que no estaba en la parte más ornamental precisamente. Nos sentábamos en un escalón cerca del reloj de sol, delante de un suelo de ladrillos, y no necesitábamos nada más.

Eso sí, no eran ladrillos normales. En muchos de ellos estaban grabados los nombres de alumnas y profesoras que habían pasado por la institución. Varias habían destacado en el campo de la ciencia o las artes. Algunas incluso eran famosas. Mirando aquellos nombres —entre los que destacaba el de Jacqueline Kennedy Onassis—, fantaseábamos sobre lo que queríamos ser.

Hablábamos de viajes, trabajos, romances futuros… En este último tema, Jackie cambiaba bastante: una semana podía estar locamente enamorada de un jugador de béisbol o del actor de moda esa temporada y, a la semana siguiente, querer escaparse con el camarero de la pizzería de Farmington, el pueblo en el que estábamos.

Yo, en cambio, siempre tenía a Danard Wilder en la cabeza.

El año en que cumplía dieciséis volví a Madrid, mi ciudad, pero seguí en contacto con Jackie.

Y llegaron «las vacas flacas».

Durante aquel largo periodo de escasez, de ver la ansiedad e incluso el miedo en los ojos de mis padres, el ambiente de prosperidad y despreocupación que viví en Estados Unidos me pareció enseguida muy lejano.

Recuerdo que, en uno de los meses más duros, cuando mis padres tuvieron que hipotecar la casa (que había sido también el hogar de mis abuelos), Jackie tuvo un detalle que nunca olvidaré.

Recibí de pronto un correo suyo sin texto ni asunto en el mensaje. Solo contenía una foto. La abrí y en la pantalla del ordenador apareció uno de los ladrillos de Miss Porter's. Tenía grabado mi nombre.

Dejar esa impronta en la escuela para recordar tu estancia allí era muy caro, y yo en esos momentos ni soñaba con hacer algo así. Pero mi amiga me había hecho ese regalo: mi ladrillo y el suyo estaban juntos, cerca de nuestro reloj de sol.

Durante la universidad seguimos en contacto, a pesar del torbellino de novedades y amigos en el que cada una nos vimos envueltas. Yo, además, tuve que compaginar los estudios con el trabajo para poder pagarlos.

Éramos muy distintas y, conforme evolucionábamos, más todavía. Pero resultaba divertido el contraste entre sus gustos y los míos. Me encantaba que me sorprendiera.

A mí siempre me había gustado mucho escribir y leer, así que estudié Filología Hispánica. Ella hizo Arquitectura, igual que su madre. «Te vas a morir de hambre», me decía. «Más vale morir de pie que vivir de rodillas», replicaba yo, riéndome, con la famosa frase de Emiliano Zapata. Ella acababa llamándome revolucionaria. «Mi revolucionaria», decía, con un posesivo cariñoso.

Al acabar el grado hice un máster en Edición, y, cuando conseguí trabajo en un gran grupo editorial, ella fue la primera amiga a quien llamé con el corazón saltando de alegría.

Cuando decidí dejarlo, tres años después, también fue la primera a la que se lo dije.

—Pero ¿por qué lo has hecho? —me preguntó por videollamada—. Tienes un trabajo por el que mataría toda tu promoción. ¡Ser editora ejecutiva! No lo entiendo...

—¿Te acuerdas de la frase de Zapata? Pues me he dado cuenta de que al final he acabado viviendo de rodillas —le respondí—. En la universidad no te enseñan a lidiar con los jefes, a defenderte del abuso de poder...

Me sentía asfixiada por la presión de las reuniones y la carga laboral que tenía. Todo debía dar un rendimiento del 200 por ciento. Hacía el trabajo de dos o tres personas. Salía a las ocho y media de la editorial, ¡y aun así me sentía culpable! Porque había unos cuantos compañeros que se quedaban hasta las diez... Pero yo a las diez estaría en casa, deprimida después de haber cenado cualquier cosa fría que tuviera en la nevera, comenzando a leer una novela sobre la que tendría que decidir al día siguiente si compraba o no los derechos, presionada por la agencia de turno.

—¡Bienvenida al mundo real! —me dijo mi amiga desde la pantalla del móvil cuando le enseñé el sarpullido que me había salido del estrés.

—Hay muchos mundos reales. Tú puedes elegir el tuyo, Jackie —repuse.

—¿Y qué vas a hacer entonces, señorita revolucionaria? —me preguntó.

—Ya buscaré algo —le contesté con optimismo—. Quizá, después de pasar varios años publicando los libros de los demás, haya llegado el momento de escribir los míos.

Además, había podido ahorrar. Con lo mal que lo había pasado en la editorial, no me daba miedo saltar al vacío.

Tal vez con el salto aprendiera a volar.

Un par de semanas después de tener esta conversación con Jackie, leí la noticia de que su padre había comprado la casa de Danard Wilder. Bueno, la casa, la mansión, el palacio… No sé ni cómo denominarla. Mi amiga, con su vocabulario de arquitecta, la llamaba *folie*. «Es una *folie* a lo bestia», decía, porque las *folies*, al parecer, son pequeñas. Esta, en cambio, no solo era extravagante, era grande. Gigantesca. Danard la había hecho construir cuando estaba en lo alto de la fama, un par de años antes de su muerte.

Desde que la policía sacó su cuerpo de allí, junto al de su novia, y extrajo todos los detalles que necesitaba para la investigación, la mansión había estado prácticamente cerrada. Hubo un caso de una persona desaparecida en los terrenos, todavía en los noventa. Volvieron a abrir la casa en esa ocasión, pero no hallaron nada. Sin embargo, desde entonces se decía que estaba maldita.

A mí, la verdad, la maldición no me asustaba. Nada podía ser peor que la jefa que había tenido. Y solo la idea de poder entrar en la casa donde había vivido mi amor platónico me ponía el corazón a mil por hora.

Cogí el móvil y llamé a Jackie directamente. Pasando de mensajes.

—¡Que tu padre ha comprado la casa de Danard! ¡Jackie…! —exclamé sin preámbulos.

—¡Te lo quería haber dicho por videollamada! —respondió—. Pero ¡no me has dado ni tiempo! ¿Ha salido ya en las noticias?

—Sí. Hasta en las de España. Por favor, dile que nos invite a conocerla. Cojo un vuelo a Estados Unidos *ya mismo*. Total, no sé qué hacer con mi vida… Me puedo quedar en tu casa, ¿verdad?

—Claro que sí. ¡No me lo creo! ¡Nos vamos a ver por fin!

—¿Crees que tu padre nos dejaría entrar? —insistí.

—Descuida. Hablo ahora con él. Seguro que no le importará… Nunca me dice que no a nada.

—Si dice que sí, ¿vuelo a Hartford?

—No, ven mejor al aeropuerto de Boston. Estoy ahora ahí pasando unos días. Iré a recogerte cuando me digas y así vamos juntas a Connecticut.

Media hora después recibí un mensaje que decía «¡Podemos contar con las llaves! ¡Saca los billetes! ¡YA!» con un emoji de fiesta.

La llamé de nuevo y hablamos de las cosas prácticas. Me quedaría allí dos semanas, con la posibilidad de cambiar la fecha de vuelta si surgía algo interesante.

O si la convivencia no funcionaba demasiado bien, pensé para mí. Después de todo, dos semanas era mucho para ser huésped de alguien. Jackie era muy intensa, y hacía casi diez años que no nos veíamos en persona…

Pero no. Haría lo posible por que todo fuera sobre ruedas.

Iba a ser un gran viaje.

En cuanto colgué, me puse una de mis canciones favoritas y entré en un buscador. «Billetes Madrid-Boston» escribí.

¿Fecha?

No lo dudé. Reservé el siguiente vuelo.

Mientras rellenaba todos los apartados con mis datos, la voz de Danard cantaba en inglés, con un tono más íntimo, más quebrado, que en otros temas:

Te he esperado tanto tiempo,
tanto tiempo, tanto tiempo…
que he malgastado mi vida.

Te he esperado tanto tiempo,
tanto tiempo, tanto tiempo…
desgastándome la vida,
tirando cada segundo
al pozo de nuestra herida,

monedas que caen al fondo,
al barro de mi caída,
brillantes como el deseo,
el deseo, aquella noche,
en tu mirada encendida.

Te he esperado tanto tiempo,
tanto tiempo, tanto tiempo…
y aquí te espero, aquí sigo,
esperándote,
mi vida.

—Sigue esperándome, Danard —murmuré—. Enseguida llego.

I've crossed oceans of time to find you.

He cruzado océanos de tiempo para encontrarte.

Drácula de Bram Stoker

2

La frontera

Cogí el avión con la emoción de emprender una aventura. De no estar obligada a seguir las órdenes de nadie. De tener las riendas de mi destino, de lo que hacía con mi tiempo…

Aparte de los lazos familiares, no había nada que me retuviera en España. Ni trabajo, ni novio… ¡Era libre! ¡Y comenzaba el verano!

Me acomodé en mi asiento con satisfacción y escribí un poco en mi cuaderno. Siempre me ha gustado redactar a mano las experiencias importantes. Me ayuda a aclarar las ideas y me motiva sentir que soy un personaje de mi propia ficción.

En el vuelo me dio tiempo a escribir, ver películas, dormir… y releer fragmentos del último diario de Danard Wilder, publicado póstumamente en 2019. En el diario, que abarcaba un periodo de cinco años, contaba anécdotas de su vida con Sue (su novia) o con los demás miembros del grupo de música, pero también contenía partes que describían momentos muy profundos de su proceso de creación, bocetos de canciones… Como la edición era facsímil, se podían ver sus tachaduras, su selección de palabras… Si las elegía según hubiera necesidad de rima o por asociaciones sorprendentes de sentido. Su mente de poeta me resultaba fascinante.

Al ser un trayecto largo, me pusieron comida: pasta con queso gratinado y tarta de chocolate. En todos los asientos habían dejado un cojín para apoyar la cabeza y una manta roja. Como había cometido la torpeza de ir con sandalias, agradecí especialmente la manta para protegerme del aire acondicionado. Y, antes de llegar, me sirvieron un café con un cruasán. Así que aquel viaje sobre el océano sumida en mis propios pensamientos, entre lecturas, películas y anotaciones, fue todo un placer.

Sin embargo, la llegada fue más agitada, por decirlo de algún modo. Al aterrizar en Boston, un agente de inmigración tomó mis huellas dactilares, me hizo una fotografía y después me preguntó:

—¿Trabajo?

—No tengo trabajo ahora mismo.

Titubeé. ¿Me atrevería a decir que era escritora? Venga. No tenía nada que perder. Así empezaría a asumirlo.

—Soy escritora —afirmé intentando aparentar seguridad.

El agente levantó la ceja.

—Pero vienes de vacaciones, no a trabajar…

Tragué saliva.

—Sí, sí. De vacaciones —le confirmé. Intenté ser simpática—: Le prometo no escribir ni una palabra.

No pareció muy convencido. Desde luego, no le hizo gracia.

—¿Escritora política? ¿Libros subversivos? —inquirió con seriedad.

Oh, oh… ¿Me acababa de meter en un lío?

—Ejem… No. Todo lo contrario… Libros sobre animales —se me ocurrió decir—. ¡Ovejas! Escribo libros sobre ovejas. Nada que deba preocuparlo. Además, es verano —le dije con énfasis—; voy a *veranear* con una amiga.

En esos momentos me sentí más que nunca como un personaje. Pero no de novela, de poesía surrealista. ¿Libros de ovejas? ¿De dónde me había salido aquello? La cara del agente sí que había sido un poema. Desde luego, si acababa escribiendo un libro sobre ovejas, me había quedado claro que él no lo compraría.

Con sequedad, me obligó a que le diera la dirección de mi amiga y me pidió varios datos más.

Al final me dejó pasar como si me perdonara la vida. En cuanto lo perdí de vista, solté un suspiro de alivio.

Lo cierto es que aquel interrogatorio me había hecho sentir muy vulnerable. Yo era una más dentro de aquel flujo de gente que entraba y salía en el país. Debía plegarme a su sistema de control. Era inevitable. Pero el modo con el que te tratan importa. Me estremecí al pensar en el desagradable escrutinio al que se tenían que enfrentar otros.

Mientras esperaba mi maleta delante de la cinta, vi por primera vez a los famosos perros policía husmeando entre la gente. NO LOS ACARICIES, ponía en los carteles. Uno de ellos se paró a oler mi bolso y mis pantalones. No llevaba nada irregular, y, sin embargo, no pude evitar ponerme en tensión. Afortunadamente no hubo nada que le llamara la atención y pasó al siguiente viajero.

Por fin llegó mi maleta, la recogí y me dirigí hacia la salida. Nada más asomarme a las puertas automáticas, vi a mi amiga Jackie con un enorme cartel. Me relajé y sonreí de oreja a oreja.

¡BIENVENIDA!, decía en español.

Jackie iba vestida como para ir a la playa, con pantalón cortísimo y top por encima del ombligo. Además, llevaba una gigantesca boa de plumas blancas y gafas de cristal rojo con forma de corazón.

Echó a correr hacia mí. Pero, antes de llegar, resbaló en el suelo pulido del aeropuerto y cayó estrepitosamente sobre su trasero.

Una de sus sandalias de tacón salió volando…

… y golpeó en la pierna a un señor mayor con traje de chaqueta.

Me quedé paralizada en el sitio, con la boca abierta. ¡La que se había liado en cuestión de segundos!

—¡Perdón, ja, ja, ja…! —gritó ella caminando a gatas hacia el señor para recoger su sandalia.

El hombre la ayudó a levantarse enredándose en su boa.

—No pasa nada —le dijo con una sonrisa.

Pero Jackie le dio un abrazo tan grande como si fuera su padre. El señor se quedó igual de paralizado que yo. ¿Qué estaba pasando?

El vigilante de seguridad que había al fondo del vestíbulo avanzó un par de metros hacia ella observándola con atención. Me mordí el labio. ¿Mi amiga estaba bien? ¿Había bebido?

De golpe, Jackie pareció recordar que yo estaba allí y volvió cojeando hasta el lugar donde se había caído para recoger el cartel de bienvenida. Después, echó a correr hacia mí de nuevo mientras gritaba a pleno pulmón:

—¡Mi revolucionariaaa!

«Trágame tierra —pensé agachando la cabeza—. ¡Al final me devuelven a España!». Cualquier persona en su sano juicio habría huido en dirección contraria. Pero… no me quedaba otra. Respiré hondo y la esperé con los brazos abiertos. Si nos metían en la cárcel, que fuera por un abrazo.

Jackie saltó sobre mí.

—¡Qué alegría! —exclamó estrujándome con todas sus fuerzas.

Sonreí contenta.

—Jackie… —murmuré—. ¡No me puedo creer que esté aquí otra vez! Pero ¿estás bien?

—¡No he estado mejor en la vida! —exclamó.

—¿Te has tomado tus pastillas? —le pregunté en voz baja.

—¡Te has dado cuenta! —se rio—. No. Me he quedado sin «pitufos» hasta que el médico me renueve la receta. Pero no te preocupes. Pasado mañana hemos quedado a cenar con mis padres y le pediré unas cuantas a mi madre. Siempre lleva en el bolso.

Lo que Jackie llamaba «pitufos» eran unas pastillas azules que tomaba desde que yo la conocía. Ritalin. Mi amiga había heredado de su madre el TDAH, el trastorno por déficit de atención con hiperactividad. En realidad, los pitufos eran estimulantes, pero ella los tomaba para concentrarse mejor.

—¿Has venido conduciendo?

—No, el señor Andrew Brooks —dijo con retintín refiriéndose a su padre— nos ha pedido un coche en cuanto supo que venías. Ya verás…

Cogió mi maleta e hizo un gesto hacia la puerta de salida. Pasamos junto al vigilante, que no nos quitaba el ojo de encima. Le dije adiós con la mano, intentando ser simpática.

Cruzamos las puertas de vidrio que daban al exterior y nos encontramos con una limusina rosa que nos estaba esperando.

No pude evitar soltar una carcajada.

—Pero… ¡estáis locos!

—¡Por ti! —contestó Jackie riéndose.

Le di mi maleta al conductor y me senté. Mi amiga sacudió una botella de champán y la abrió dentro del coche abollando el techo.

—¡¡¡Aaah!!! —grité sorprendida al sentir aquel líquido frío empapándome de golpe todo el cuerpo.

—¡Yujuuuuuu! —exclamó Jackie—. ¡Por fin juntas!

Me cogió la mano con ilusión.

—Qué ganas tenía de volver a verte —dijo. El brillo en sus ojos demostraba que no mentía.

Todavía estremecida por el frío del champán, sonreí como pude.

—Yo también —respondí.

Jackie era como un huracán. ¿Debía dejarme llevar por él o resistirme? ¿Estaría más serena mañana? ¿Volvería a ser la Jackie que yo conocía?

La limusina cogió la carretera y, mientras mi amiga hablaba sin parar de lo que pensaba hacer conmigo esos quince días, miré un momento a través del vidrio ahumado de la ventanilla.

Los árboles eran frondosos. Definitivamente era otro paisaje. Otro mundo. Nueva Inglaterra, con sus casas antiguas de madera pintada de blanco, de estilo colonial, sus amplios ríos y sus exuberantes bosques. Enseguida empezaría a verlo. Volvería al mundo feliz de mi adolescencia.

Bebí un sorbito de champán y, conforme la limusina rosa se incorporaba a uno de los carriles de la gran autopista, intenté dejarme llevar por la corriente y disfrutar del momento.

No one expected me. Everything awaited me.

Nadie me esperaba. Todo me aguardaba.

Patti Smith

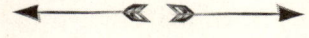

3

Otro mundo

5 de junio, 1997

Sue está cada vez peor.

Esta noche vienen a cenar A. y M. Temo cómo se va a comportar.

Ya no sé ni lo que siento por ella. Pero cuando está cerca me arrastra, y es imposible no seguirle boco el juego.

Una parte de mí lo busca, lo desea. Otra quiere escapar. Y una tercera asume que debería ser testigo de todo y componer más temas sobre ello.

Debería sentirme afortunado porque estar con Sue es como tener una bandeja llena de carne cruda. Constantemente. Y yo soy carnicero. Carnicero de emociones, de letras. Pero su sangre me salpica. Antes no me importaba.

El amor. Dónde está ya el amor.

Ahora que he terminado la maqueta, lo único que deseo es darme una ducha que me limpie de ella. Y que me deje en paz por unas horas.

La casa de Jackie, de tres plantas con jardín, era nueva, con un diseño muy moderno y mucho cristal.

Nada más llegar al vestíbulo, me quité las sandalias de cuero y hundí los pies en su esponjosa moqueta *beige*. Tenía varios centímetros de grosor.

—¡Ay, qué gusto, Jackie…! —exclamé.

—¿A que sí? ¡Ya verás lo bien que vas a estar en casa!

Me invitó a pasar con un gesto. En la planta baja prácticamente no había paredes. El salón era enorme y desembocaba de forma abierta en la cocina, con una isla en medio. En la encimera de la isla habrían podido dormir dos personas sin rozarse.

Jackie dejó en el suelo su propia maleta y una bolsa con comida que había traído de Boston y me ayudó a llevar mis cosas hasta mi cuarto, en el piso de arriba.

Mi dormitorio parecía de hotel de lujo. Era una de las cuatro habitaciones que tenía para invitados. La más amplia y luminosa, con vistas al jardín.

Les escribí un mensaje a mis padres para que supieran que había llegado bien y metí mi ropa en el armario mientras Jackie preparaba la cena. Me hubiera encantado dormir un rato en aquella cama tan grande, porque en España ya era de madrugada. Pero debía intentar adaptarme cuanto antes al horario de Estados Unidos.

Cuando bajé, Jackie lo había dispuesto todo en una mesa del jardín de atrás. Ensalada con *tataki* de salmón, nachos y una tabla de quesos. Delante, una inmensa superficie de césped escrupulosamente cortado, con varios arbustos de formas geométricas y una piscina de perfiles absurdos con trampolín y tobogán incluidos. Alrededor de su propiedad, todo era bosque tupido.

—Cuando compraste la casa, ¿ya era así? —le pregunté a mi amiga cogiendo un nacho bañado en *cheddar*.

—No, la diseñé yo con la ayuda de Thiago Oliveira.

—¿El famoso arquitecto?

—Sí. Es amigo de mis padres desde la prehistoria. Bueno, ¡fue él quien construyó Gap in the Map! Se llevó un dineral por hacerle ese palacio a Danard Wilder. Y no fue poco lo que ganó por ayudarme a hacer mi casa. «Precio de amigo»… ¡Ja! ¡Y un cuerno! —Jackie hizo una pequeña pausa—. Mi padre lo quiere matar.

Se me cayó un nacho de la boca.

—Sí. Te estoy hablando en serio. No puede ni verlo. Aparte de lo excesivo que fue en sus honorarios, piensa que él y mi madre tuvieron algo los meses que duraron las obras. Lo odia a muerte. Y me preocupa.

En un país como Estados Unidos, con tan fácil acceso a las armas, las enemistades podían desembocar en tragedia con mucha facilidad.

—Lo siento, Jackie. Pero qué curioso. Tener celos ya tan mayor… Pensaba que las pasiones se suavizaban con la edad.

—Por lo que veo, no.

Recordé una frase de Oscar Wilde.

—«La tragedia de la vejez no es que uno es viejo, sino que uno es joven» —dije con un suspiro.

—Sí. Ellos envejecen por fuera, no por dentro —continuó Jackie—. No veo que ninguno de los dos haya ganado un ápice de madurez…

—¡Es gracioso que lo digas tú!

—De casta le viene al galgo… Mi padre siempre ha sido muy celoso y no creo que cambie a estas alturas. No sé cómo mi madre lo soporta. Bueno, sí lo sé. Está loca por él. Lo ha estado siempre. Tiene muchos amigos, no sé hasta qué punto con derecho a roce, pero, si mi padre la deja, se muere. En fin. ¿Te gusta la casa entonces? —dijo cambiando de tema—. Luego te hago una visita guiada en toda regla. En el jardín tuve que talar un montón de árboles. No quería que dieran sombra a la piscina, y este césped me encanta.

¿Has visto lo fino que es? Pero tengo que poner una valla más alta o algo, porque entran animales del bosque. Ciervos, pavos salvajes…

—¿Pavos salvajes?

—Sí, bandadas de seis o siete pavos. Se ven muchos por aquí. ¿Y sabes que hay osos? —siguió hablando sin parar—. Osos negros. Cada vez se aventuran más entre las casas. Si ves uno, vuelve a entrar con tranquilidad y cierra la puerta. Es lo que dicen en los carteles informativos. Nunca le des de comer.

Asentí.

—No tenía intención de hacerlo, la verdad —contesté con una sonrisa—. Pero ¿por qué crees que es? ¿Por qué vienen a las casas? —quise saber.

—Buscan comida en los contenedores. Los ecologistas dicen que con tanta construcción se están reduciendo mucho los bosques. Pero ¡no hay más que ver la cantidad de bosque que queda todavía! —Hizo un gesto a su alrededor—. Yo no lo entiendo. Oye, ¿te quieres dar un chapuzón? —cambió de tema otra vez. Se quitó rápidamente el conjunto playero y se quedó en bikini en un momento—. He conectado el agua caliente.

—¿Agua caliente… en la piscina? —pregunté con incredulidad.

—Sí. Luego hará un poco de fresco.

Jackie fue al trampolín y se tiró de cabeza.

—¿No te quieres dar un baño? —me dijo desde el agua.

—Estoy en ropa interior.

—¡No importa! ¡Aquí no nos ve nadie!

Me dejé llevar por el impulso y me di un buen chapuzón.

Anochecía.

En el fondo de la piscina se encendieron varios focos de luz fluorescente que cambiaban de color. Rosa, morado, azul, rojo…

Envuelta en una toalla de suavidad inconcebible, me senté otra vez para seguir comiendo y le pregunté cuáles eran los planes para el día siguiente.

—Iremos a la casa de Danard Wilder después de desayunar —me respondió sentándose también en su silla—. Ya tengo el juego de llaves —añadió con aire presumido—. Sobre todo interesan la de la verja y la de la puerta principal. Por la tarde, he preparado una fiesta con amigos que quiero que conozcas. ¡Viene Liam! A ver qué te parece. Últimamente no se separa de mí. Me gusta un poco, la verdad, pero aún no tengo claro si prefiero que sea para ti…

Me reí.

—Bueno, a ver qué pienso yo también, ¿no? ¡Y él!

Me volvió a contar que el día después habíamos quedado para cenar con sus padres, que desde hace unos años habían vuelto a vivir en la costa este, en Avon, no muy lejos de allí. Iban a venir los dos. A pesar de su apretada agenda, sacarían ese rato para vernos. Nos querían llevar a su restaurante favorito.

—Suelen cenar a las cinco y media. Es casi la hora de comer en España, ¿no?

—Bueno…, tampoco diría tanto —contesté probando el *tataki* de salmón.

Jackie no paraba de hablar. Por lo que veía, las diferencias entre ella y yo se habían acentuado con el tiempo. Teníamos distintos gustos estéticos y maneras casi opuestas de concebir la naturaleza y el compromiso que debíamos tener con ella. ¿Talar árboles para tener una inmensa superficie de césped? ¿Frivolizar con la precaria situación de los osos? Todo aquello me producía rechazo.

Sin embargo, no podía dejar de quererla aunque tuviéramos diferentes criterios. El cariño que me demostraba era maravilloso. El tiempo pasaba —*tempus fugit*, como decía nuestro reloj de sol—, pero nuestra amistad seguía viva.

—No tenías que molestarte con todo esto, Jackie —le dije—. La cena con tus padres, la fiesta de mañana…

Se levantó y me dio un abrazo.

—¡He esperado *años* este reencuentro! —respondió—. ¡Van a ser días inolvidables! ¡Vamos a tirar la casa por la ventana!

Sonreí halagada.

—¡Espero que no nos caigamos nosotras también! —exclamé riéndome.

—Cuenta con ello.

Me levanté muy temprano debido al jet lag. Debían de ser las seis y media cuando salí al jardín. La mañana era fresca. Atravesé el césped y llegué a la linde del bosque. La luz caía oblicuamente entre las ramas de los árboles y me quedé unos minutos contemplando aquella belleza misteriosa. Solo de pensar que al cabo de unas horas estaría en Gap in the Map se me aceleraba el corazón.

Antes de dormir había estado releyendo más partes del diario de Danard y tenía la emoción a flor de piel. Sentía todas sus imágenes, sus canciones en mi interior, como si hubiera entrado ya en su atmósfera, aun sin haber salido de casa.

Recordé una de ellas, «Before Sunset» (Antes de que anochezca). En su letra, todos los versos eran preguntas. «¿Qué esconde la tristeza de la lluvia? ¿Qué sueño acecha el marco del retrato? ¿Qué grita el bosque, el bosque que se quema?…».

De pronto, empecé a pensar en posibles respuestas a esas preguntas. Cogí mi cuaderno y me puse a escribirlas en inglés, a modo de poema, dialogando con la canción de Danard.

Me dio tiempo a terminarlo antes de que bajara Jackie, con su buen humor y sus bromas.

Desayunamos *smoothies* y tortillas, que hicimos según la receta de no sé qué influencer que ella seguía, y nos pusimos por fin en marcha.

Me pidió que condujera yo, así ella podía ir en el coche más despreocupada. Cuando no se tomaba las pastillas, le costaba mucho esfuerzo mantener la atención durante un tiempo sostenido. Y la carretera lo requería.

Fue una sensación increíble. Conducir el antiguo Jaguar de su padre mientras escuchábamos el álbum de los mejores *hits* de Danard a todo volumen y cantábamos juntas.

La primera media hora del trayecto fuimos por autopistas. Luego tomamos carreteras secundarias y, después de pasar Watermill Village, acabamos metiéndonos en un inmenso bosque, cada vez más alto y oscuro. Sentía que estaba entrando en un extraño cuento de hadas, a gran velocidad y sobre asientos de cuero de color champán.

Los últimos quince minutos fueron curvas, y Jackie se mareó.

Entonces llegamos a una gran verja de metal negro, con las puntas doradas. En lo alto del portón se leía: ENTRA CON PISADA LEVE.

Las letras estaban oxidadas. Alguna, medio caída.

Jackie se bajó de inmediato intentando controlar las náuseas.

—¿Es lo que ponía… en la puerta… del jardín de Epicuro? —me preguntó entrecortadamente mientras se abanicaba con la mano. Estaba colorada.

—No —repuse bajándome también—. Es un verso de «Cuerpo de irás y no volverás», una de las canciones de Danard. Si no recuerdo mal, la frase continúa por la parte de atrás —añadí.

Jackie sacó el manojo de llaves y la abrió. Avancé unos pasos y crucé la cancela.

—Venir contigo es mejor que traer una guía… —comentó—. Oye, si mis padres convierten el palacio en museo, ¿te gustaría trabajar aquí?

De pronto, la sonrisa desapareció de su cara y se puso más blanca que el papel.

Le dio una arcada y vomitó a un lado del camino.

—Oh, Jackie… —exclamé corriendo hacia ella para sujetarle el pelo. Bromeé—: ¡Con lo que me esmeré al hacer tu *smoothie*!

—Lo siento —dijo riéndose—. ¡Nada más llegar y ya ensucio la casa! Mejor que mi padre no se entere…

Solté una carcajada. Se limpió.

De golpe, la puerta de la cancela se cerró estrepitosamente. Jackie y yo nos enderezamos, asustadas. Nos miramos la una a la otra.

Entre el coche y nosotras había una reja que decía: SAL DEJANDO EL CORAZÓN.

Last night I dreamt I went to Manderley again.
It seemed to me I stood by the iron gate leading to the drive,
and for a while I could not enter, for the way was barred to me.

Anoche soñé que volvía a Manderley.
Me encontraba ante la verja de hierro que conducía a la entrada, pero
estuve un tiempo sin poder pasar porque una reja me cerraba el camino.

DAPHNE DU MAURIER

4

La llegada

—Ti… tienes las llaves para abrir —afirmé intentando darme
seguridad.

—Sí. Tengo las llaves… si hacen falta —respondió ella apre-
tándolas con fuerza.

Retrocedió dos pasos, puso la mano en el mango y tiró. No se
abría. Me miró con angustia.

—Tengo las llaves, tengo las llaves —repitió, metiéndolas en la
cerradura, con las manos temblando.

Era inútil.

—Déjame a mí, Jackie —dije mientras me acercaba a ella.

—No. Yo puedo —insistió. Intentó girar la llave para abrir, pero
no se movía.

Me dejó probar.

—La puerta debería estar abierta —murmuró en voz baja—.
La llave no es necesaria. —Subió la voz—: Aprieta el mango hasta el fondo ¡y tira con fuerza!

Hice como me decía y, esta vez sí, la cancela se abrió.

Suspiramos aliviadas.

—No pasa nada. Ha sido el viento —aseguró ella.

—Sí. Ha sido el viento —repetí queriendo creérmelo.

Pero las dos sabíamos que no había viento. Ni un ápice.

Nos paramos un momento a contemplar el camino de tierra que teníamos por delante. Se perdía en la densidad del bosque.

—Volvamos al coche —dijo Jackie—. Me ha dicho mi padre que desde la verja falta todavía un trecho hasta llegar a la casa. Ahora conduzco yo, ¿vale?

El Jaguar avanzó por el camino.

Habíamos quitado la música y lo único que oíamos era el roce de las ramas contra la carrocería y el chasquido de la arena bajo las ruedas.

Íbamos muy atentas a cualquier movimiento que pudiera haber en el exterior. Las hojas de los árboles, robles americanos y arces, estaban inmóviles. Lo de la cancela había sido... inexplicable. Preferí no comentarle nada a Jackie para no empeorar la situación. Si ella se echaba atrás, abandonaríamos la visita a la casa. Y, aunque sentía una profunda inquietud, había cruzado todo un océano para llegar hasta allí. No podía flaquear ahora por un portazo.

A ambos lados del camino, entre los helechos, fui distinguiendo girasoles silvestres, matas de achicoria como pinceladas de color azul, capullos rosas de tréboles y unas pequeñísimas flores blancas reunidas en ramilletes, «encaje de la reina Ana».

—*Queen Anne's lace* —murmuré en inglés sin darme cuenta.

—¿Estás hablando de flores o de ropa? —me preguntó Jackie, divertida.

—Ja, ja... De flores. Pensaba en voz alta. En español el encaje de la reina Ana se llama «zanahoria silvestre» —me reí—. Suena mucho mejor en inglés.

—¿Sabes por qué tiene ese nombre?

—Creo que se refiere a la reina Ana Estuardo —contesté—. Parece que las flores forman un encaje. Pero lo mejor es que, si te fijas, en el centro del ramillete blanco hay una pequeña flor de color granate, como una gota de sangre que hubiera dejado la reina al pincharse mientras cosía.

—¡Por eso yo nunca coso! Odio pincharme e ir dejando gotas de sangre por ahí —dijo Jackie chasqueando la lengua—. Aparte, ¿para qué coser si puedes aprovechar e ir corriendo a comprarte algo nuevo?

Puse los ojos en blanco.

—Jackie, en el mundo global en que vivimos, el exceso de ropa es un problema. La industria textil es la segunda que más contamina…

—Es broooma.

—¡Oh! ¡Eso son lirios de día! —dije señalando estas flores, de color amarillo vibrante y naranja. El bosque se iba pareciendo cada vez más a un jardín conforme nos acercábamos a la casa—. ¡Y allí hay *blacked-eyed Susan*! ¡Las teníamos en los parterres de Miss Porter's! ¿Te acuerdas?

Jackie asintió riéndose.

—Por lo que veo siguen encantándote las flo… —Mi amiga se interrumpió—. ¡Mira! Ya estamos llegando.

Levanté la vista y me incorporé.

Delante de nosotras se alzaba imponente la construcción que había visto tantas veces en internet. El palacio. La *folie*. La casa de Danard Wilder. Su última morada.

Jackie pulsó el botón del freno de mano y abrí enseguida la puerta del coche.

Puse el pie derecho en el suelo, como quien pisa tierra sagrada. Me estremecí de la emoción.

—Jackie —murmuré—. Estamos aquí. Y vamos a entrar. ¿Te lo puedes creer?

—Sí —dijo ella acercándose a mí y rodeándome con el brazo—. ¿Crees que estará su espíritu en la casa? —añadió con una carcajada.

No respondí. No podía bromear sobre las cosas que me importaban.

Pero una voz en mi interior contestó: «Ojalá».
El coche emitió un pequeño pitido.
Jackie lo había cerrado.
«Cuando una puerta se cierra, otra se abre», pensé.
Sonreí y di un paso adelante.

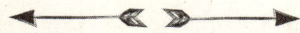

16 de marzo, 1995

Salí de madrugada.
Por ti dejé mi tierra, mi familia,
el mundo conocido, la amistad.

Cuerpo de irás y no volverás,
cuerpo encantado.

Tus dragones son fieras que renacen.
Cada pequeña muerte
también me mata a mí.

Descubre tus tesoros
o déjame, déjame, déjame...

Cuerpo de irás y no volverás,
cuerpo encantado.

~~Descubre~~ Revela tus tesoros
o déjame, déjame, déjame...

~~Rev~~ Entrega tus tesoros
o déjame...
                    partir.

Desde luego el palacio era una extravagancia. Una combinación de bloques y arcos, columnas y escaleras vistas, pináculos de piedra y torres de distintos materiales, acero y cristal. Al suroeste tenía un invernadero.

Pero aquel ensueño de fantasía ahora parecía un juguete roto. Al invernadero le faltaban algunos vidrios. Otros parecían haber recibido, más que pedradas, disparos. Había desconchones y manchas de humedad por las superficies, y la desbordante vegetación de Connecticut llegaba prácticamente hasta los propios muros y columnas, cubiertos por enredaderas en muchas zonas.

—¡Qué horror, cómo está…! —exclamó Jackie.

—Qué dejadez. ¿No hay cámaras de seguridad ni nada?

—Creo que el hermano de Danard es un desastre. En su vida personal y profesional. Su gestión de la finca desde que la heredó ha sido nula. Puro abandono. Solo venía a sacar alguna cosa de vez en cuando para subastarla.

»De todas formas —añadió—, la leyenda negra que tiene la casa me parece la mejor protección de todas.

—La verdad… a mí me parece que tiene encanto —comenté—. Un encanto triste.

—Deprimente —repuso Jackie.

—Melancólico —maticé.

—Siniestro —contratacó.

—Delicado.

—Tétrico.

—Prometedor.

—Lúgubre.

—Fascinante.

—Patético.

—Bueno, ya —corté el juego. Podíamos estar horas así, y me moría de ganas de entrar en la casa—. ¿Vamos?

—Sí —dijo Jackie sacando de nuevo el gran manojo de llaves.

La puerta principal era alta y blanca. De doble hoja. Blindada.

Nos acercamos. Jackie cogió la llave oportuna y la introdujo en la cerradura. La giró varias veces hasta que finalmente la puerta se abrió.

Pasamos.

El vestíbulo era amplio. La luz se derramaba por las ventanas altas sobre el mármol ajedrezado del suelo haciendo centellear las motas de polvo que flotaban en el aire. Una gran escalera subía hacia los pisos superiores y se bifurcaba a derecha e izquierda.

Jackie y yo nos dimos la mano.

—Ya estamos aquí —murmuré, sobrecogida.

Comenzamos a avanzar hacia lo que parecía el salón, con un piano de cola polvoriento, una chimenea llena de telarañas, varios sillones de diseño y un sofá delante de una televisión antigua, de las de caja.

Del salón pasamos al invernadero. Ya no quedaba vida vegetal ahí dentro. Ninguna de las especies valiosas y exóticas había sobrevivido. Pero los árboles y las plantas trepadoras del exterior tamizaban el sol provocando un efecto verde y vivo en el interior del recinto de cristal. El calor del ambiente me reconfortó.

—¿Te das cuenta de que cuando murió tenía nuestra edad? —comentó Jackie—. Veintisiete años.

—Sí. Es raro pensarlo. Cuando tú y yo hablábamos de él en el colegio, lo veíamos como un adulto, con mucha historia ya sobre las espaldas. Pero, a lo tonto, vamos cumpliendo años…

—Tú más a lo tonto que yo —repuso dándome un codazo.

—Vivió de una manera muy intensa —dije con seriedad—. Creo que sus veintisiete años valen por varias vidas de las nuestras.

—Habla por ti. Mi vida es muy intensa —volvió a bromear poniendo tono dramático y empujándome.

—Oye, Jackie —comenté molesta—. Necesito tomarme un momento. He estado deseando entrar en esta casa desde que era adolescente, ya lo sabes, y… —decidí decirlo con tacto— me estás distrayendo. ¿Puedes dejarme a solas? Aunque solo sea unos minutos.

—¿Estás hablando en serio? —protestó ella—. ¿Quieres que nos separemos en una casa abandonada? Es lo que hacen los personajes estúpidos de las películas de terror.

—Si quieres, quédate en la puerta del invernadero —señalé hacia el salón—. Y no me quites ojo de encima. Pero dame unos instantes sin hablar, por favor. Unos metros de separación, sin codazos ni empujones.

Jackie levantó la nariz, teatralmente, y se alejó de mí.

—De acuerdo, si es lo que su excelencia quiere…

Puse cara de fastidio.

—No te enfades…

Se encaminó hacia el salón y, aunque seguro que estaba al otro lado de la puerta, al menos la perdí de vista.

Sonreí.

Por fin me había quedado sola. S-O-L-A.

Me concentré. Pensé en Danard. Danard Wilder. Recordé su mirada penetrante. Su curiosidad a la hora de crear, de buscar las palabras, las melodías adecuadas. La alegría que transmitía en algunas fotos. Su forma libre de vivir. El perfil seductor de su rostro, su mandíbula marcada y masculina. Su valentía. Su independencia. La decisión con la que tocaba la guitarra. El brillo, a veces trágico, de sus ojos. El aire desolado que se veía en las polaroids de sus últimos meses… Tararee «Cuerpo de irás y no volverás». Comencé a deambular por el invernadero intentando impregnarme de su atmósfera y de él.

Aquel lugar era especial, sin duda.

Descubrí que en uno de los rincones había todavía varias plantas vivas. Enredaderas y cintas, colgadas de la pared. Un vidrio roto sobre ellas había permitido que la lluvia entrara y las mantuviera con vida.

Me acerqué a aquel rincón. Las enredaderas habían crecido en forma de cascada entrelazándose con un extraño diseño. Las cintas parecían enormes arañas de rayas verdes y amarillas pendidas en el aire. Enmarcado entre ellas había un espejo circular con manchas de azogue.

Me miré en aquel espejo, como quien se asoma a un océano turbio por la ventana de ojo de buey de un barco, y contemplé mi propio rostro, rodeado de hojas.

Y entonces, detrás de mí, vi sus ojos.

Los ojos de Danard.

¿En dónde hallar una presencia humana que me calme?
Nunca nadie lo pudo; ni amigos ni amantes. Sólo cuerpos vacíos que
apenas diferencio de las cosas y sólo fantasmas que he amado hasta
pulverizar mi conciencia y mi memoria.

ALEJANDRA PIZARNIK

5

El encuentro

Sentí un vuelco en el corazón.

Me di la vuelta.

No había nadie detrás de mí.

Volví a mirar el espejo.

Ahí seguía. Danard Wilder, mi gran amor, mi amor platónico, mirándome.

Pero mirándome como si me quisiera matar.

O, aún peor, como si estuviera a punto de hacerlo.

Se me puso la piel de gallina.

—¡No! —exclamé—. Danard, yo…

Entonces todo a mi alrededor cambió. La luz de la mañana, la calidez del invernadero… desaparecieron. Mi bolso cayó al suelo. Me vi envuelta en un ambiente pálido y mortecino, como en una niebla de pesadilla, y el frío me hizo estremecer.

Me giré lentamente y, sí, ahora sí estaba Danard ahí.

De pie, ante mí.

Su expresión no era en absoluto aquella con la que yo había soñado tantas veces. No. No había en su rostro ni un atisbo de reconocimiento, y mucho menos de cariño o de amor.

Danard no sabía nada de mí. Mis sueños, durante años, habían sido solo sueños.

Era una desconocida para él.

Una visita indeseada.

—FUERA —me dijo clavándome intensamente la mirada.

—Yo… es…

—Fuera o asume las consecuencias —me amenazó.

—¿Qué… qué consecuencias? —pregunté.

—No te gustaría descubrirlo —respondió mientras se acercaba para intimidarme.

—Espera —dije levantando la mano para detener su avance. El amor que sentía por él era mayor que el miedo que me podía provocar. Al menos, de momento—. He venido aquí porque… porque te admiro. Me sé todas tus canciones de memoria. Siento que te conozco, que…

—Yo no te conozco a ti —replicó él—. Y te digo que te vayas.

Escuchar aquella voz tan conocida, tan deseada…, dirigirse a mí con ese tono tan duro me producía sentimientos contradictorios.

—Dame un segundo —le supliqué—. Déjame que te diga lo que significas para…

—¡Me da igual! —me interrumpió—. ¡Seas quien seas! ¡Para mí no eres NADIE! Ya tengo demasiados problemas.

Agaché la cabeza. Las mejillas me ardían de humillación. Por supuesto que no significaba nada para él. Yo era una más entre sus millones de fans. ¿Cómo había podido pensar que…?

Se me cayó el alma a los pies. Más bien, el amor.

Pero, a pesar de todo, me sentí afortunada. Danard no me quería, eso era cierto. Deseaba que me marchara. Visceralmente. Pero, antes de irme, podía aprovechar al máximo aquellos instantes. ¡Estaba con el mismísimo Danard Wilder!

Levanté la vista y me fijé bien en él. Tenía el pelo rubio revuelto, tal y como lo llevaba su último año de vida. Y el tatuaje de la delgada flecha que le cruzaba el ojo. Su cuerpo parecía hecho de luz pálida. La ropa era la misma con la que había muerto: vaqueros y camiseta oscura con la palabra «Moose». Había muchas teorías sobre el porqué de esa palabra. *Moose*, «alce» en español, ¿era el nombre de un bar, un lugar, un guiño hacia otro miembro de la banda?

Danard me sacó de mi ensimismamiento.

—¿Te gusta lo que ves? —me preguntó con amargura mientras se enderezaba para que pudiera contemplarlo mejor.

Decidí ser sincera. Era ahora o nunca. Enseguida me iría y todo lo que no le dijera se me quedaría hundido para siempre en la garganta.

—No solo me gusta lo que veo. Te quiero —me atreví a decir—. Te he querido desde siempre. —Danard me miró fijamente. A pesar de la dureza de sus ojos, continué—: Descuida, que me iré, porque quieres que me vaya. Pero con todo lo que me han dado tus canciones… si hay algo que pueda hacer por ti antes de marcharme, por favor, dímelo y lo haré.

Suavizó la aspereza de su expresión durante unos segundos, en los que pareció reflexionar.

—¿Puedes manipular objetos? —dijo por fin.

—Sí, claro —respondí sin dudar.

—Haz un cartel para que no entren en mi propiedad. Clávalo en la puerta.

Carraspeé. ¿Es que Danard no sabía que ya no tenía propiedad?

—A ver cómo te explico esto… Han vendido tu casa.

—¿Qué? ¿Quién la ha vendido?

—Tu hermano.

—¿Mi hermano? ¡Mi hermano es un ladrón! —exclamó—. Lo primero que hizo fue llevarse mi guitarra, y…

—¿Cuál, Blaze? —lo interrumpí.

—Por supuesto, y, no contento con ello, me robó también el resto. ¡La misma mañana en que llegó la policía! —Hizo una pausa—. Mis guitarras, los trofeos de los Grammy y las primeras ediciones de mis discos. Y luego ha seguido viniendo para expoliar la casa. La ropa con la que daba mis conciertos. Mis diarios. Peter ya no es mi hermano —concluyó con acritud.

Me parecía un poco injusto. No pude evitar defenderlo.

—Por ley, tu hermano lo heredó todo. ¿Cómo iba a saber él que tú estabas todavía… aquí?

—Siempre quiso quedarse con mis cosas —repuso—. Desde que éramos pequeños. Mi desaparición le ha venido como anillo al dedo.

Había usado la palabra «desaparición» en vez de «muerte». Intenté explicarle la situación actual. Era de las pocas cosas que podía hacer.

—Verás, ahora ha comprado la casa el padre de mi amiga Jackie, la chica que está en el salón… No sé lo que hará con ella, pero habrá cambios… Lo siento mucho.

Volvió a quedarse abstraído.

—¿Puedes abrir el piano? —dijo de pronto. Su pensamiento iba por direcciones que me resultaban imprevisibles.

—Por supuesto —respondí.

—No puedo tocarlo, pero al menos contemplaré las teclas.

Caminamos hacia allá. Moví las piernas para avanzar, por costumbre, pero enseguida me di cuenta de que era un acto innecesario. En la dimensión en la que estaba, podía deslizarme suavemente por el espacio. En ese momento percibí también que mi cuerpo desprendía una energía rojiza.

Al llegar al umbral del salón, Danard se quedó paralizado.

—¡Marianne! —exclamó con voz ahogada.

Jackie estaba sentada en el sofá chateando en su móvil.

—No. Es Jackie —susurré intentando que mi amiga no me oyera.

Entonces caí en que Marianne era la madre de Jackie. Danard la conocía de sobra. A ella y a Andrew, que había sido su productor.

—Jackie es hija de Marianne —le expliqué en voz baja—. Han pasado muchos años desde que… te fuiste.

A mí también me resultaba difícil decir la palabra «muerte».

Danard entró en el salón y paseó alrededor del sofá mientras la miraba sin que ella se diera cuenta.

—Es asombroso —murmuró—. Son como dos gotas de agua. ¿Está tan loca como su madre?

No iba a responder a eso. Decidí incluirla en la conversación y sacarla de su móvil. Era una pena que se perdiera la experiencia de conocer a Danard Wilder.

—Jackie —la llamé con un suspiro—. Danard está aquí.

Jackie no levantó la cabeza.

—Jackie —insistí.

Siguió sin hacer ningún gesto. Me puse delante de ella.

—¡Jackie! —grité.

Era en vano. Me recorrió un escalofrío. ¿Me había vuelto yo también un fantasma? ¿Estaba muerta? Miré a Danard, asustada. Él levantó la ceja con curiosidad.

Intenté tocar el hombro de mi amiga, pero mi mano penetró su figura sin que ella se inmutara, igual que en las películas de fantasmas. Me fijé en que el cuerpo de Jackie tenía un aura rosada alrededor. Era como si estuviéramos en planos distintos. Mundos distintos. ¿Para siempre? Sentí verdadero pánico.

Fui corriendo al piano de cola e intenté abrirlo.

Nada. Imposible. Mis manos no podían interactuar con él.

—¡Danard! ¡Ayúdame! —grité volviendo mis ojos hacia él—. ¡Estoy viva! ¡Al menos lo estaba hace unos minutos!

—¿Y qué quieres que haga? —repuso él con indiferencia.

—¡Quiero volver a la realidad! ¡Déjame salir de aquí!

—No soy yo quien lo impide. Lo has hecho tú sola.

—Pero ¿qué he hecho? —le pregunté, comenzando a enfadarme. No buscaba el culpable, sino la solución.

—No lo sé —respondió—. Piensa.

—¿Es que no me vas a ayudar? —dije furiosa.

—Llevo no sé cuántos años atrapado aquí; toda la vida de tu amiga y puede que más. ¿Crees que tengo la menor idea de cómo salir? —murmuró para sí—: Debería de haber puesto un test de inteligencia obligatorio para entrar en la casa…

El amor que sentía por Danard empezaba a convertirse en odio.

De repente, Jackie levantó la cabeza y exclamó:

—¿Alba?

A stranger has come
To share my room in the house not right in the head,
A girl mad as birds [...].

Una extraña ha venido
a compartir mi cuarto en la casa está mal de la cabeza,
una chica loca como los pájaros [...].

DYLAN THOMAS

6

Ídolos rotos

Al ver que no respondía, Jackie se puso en pie, pasó por delante de mí sin verme y fue al invernadero. Allí, obviamente, no me encontró, pero sí vio mi bolso tirado sobre los azulejos. Noté cómo se tensaba de golpe.

Me llamó varias veces.

—¿Alba? ¿Alba? ¿Alba? Si esto es un juego, ¡PARA! —gritó—. ¡Ya ves que no me estoy divirtiendo!

Fue hacia el vestíbulo, y del vestíbulo al otro lado de la casa. Recorrió la planta baja entera, sin éxito, y regresó. Y entonces el caos aumentó. Jackie me llamaba; yo respondía en vano. Jackie atravesaba otra vez el salón, el invernadero, el vestíbulo, el comedor, la cocina... con más y más ansiedad, gritando mi nombre, y yo detrás de ella.

Fue todo un numerito.

Danard nos contemplaba con aire divertido, apoyado en el alféizar de la ventana. A pesar de que estaba terriblemente atractivo, cada vez me producía más desagrado.

—No sé qué te hace tanta gracia —le dije en cierto momento, al pasar delante de él, mientras perseguía a Jackie.

—Es como una obra de teatro. Bastante sobreactuada, por cierto. ¿Cuánto va a durar?

Suspiré con exasperación.

—Da igual —continuó—, tengo toda la eternidad. Pero podríais darle un poco de variedad. Mejorar los diálogos… «¡Alba! ¡Jackie! ¡Alba! ¡Jackie!…» —nos parodió.

—Eres un estúpido, ¿lo sabes?

Me salió del alma. ¿Quién me iba a decir a mí que, después de amar a aquel hombre toda mi vida, le diría esas palabras?

Seguimos así un rato más hasta que, en un momento dado, Jackie levantó la vista hacia el techo del salón, con los ojos llenos de lágrimas, y gritó en todas direcciones:

—¡Voy a llamar a la policía! Maldito el momento en que se me acabaron los pitufos… —dijo entre dientes. Prosiguió—: ¡No te preocupes, Alba, que no me voy! Pero no quiero estar aquí más tiempo. ¡Te esperaré en la puerta!

—Muy bien —murmuré—. Yo habría hecho lo mismo.

—Tendremos unos minutos de paz —comentó él—. Esta situación me está agotando.

Lo miré furiosa.

—¿Es que solo sabes pensar en ti?

Danard volvió al invernadero y fue directamente al rincón de las plantas. Lo seguí manteniendo cierta distancia. Vi que metía los brazos entre los tallos de la enredadera sin que estos se movieran. Parecía que habían crecido dejando espacio para su cuerpo y sus brazos. Por eso tenían aquella extraña forma. ¿Percibían su energía? ¿Cuántos años había durado el proceso de adaptación a su figura?

En aquella dimensión blanquecina las plantas emitían un resplandor verde alrededor de él. Miré con atención mis propias manos, mis brazos, mis piernas… También resplandecían, pero de color rojo oscuro.

Me acerqué a Danard, que se había quedado inmóvil entre las plantas, con los ojos cerrados.

—¿Qué haces?

—Nada que te importe —respondió.

Intenté no desesperarme. Su actitud me recordaba a la de un niño contestatario en el patio del colegio. Un adolescente rebelde. Era un joven frustrado y resentido.

Lo observé. En cuestión de segundos, su luz se avivó, su cuerpo se hizo menos traslúcido. Claramente estaba recobrando fuerzas. Parecía que estuviera absorbiendo energía de las plantas. Tal vez las cosas funcionaran así en el más allá. Tenía tantas preguntas…

Pero había algo que me había estado rondando la cabeza desde el momento en que pude hablar con él: el misterio de su muerte. Tal vez estuviera en mi mano resolverlo. Revelarlo al mundo, si podía volver a él en algún momento. Podía preguntarle si al final fue una sobredosis accidental, un suicidio o si hubo una voluntad detrás. Un asesino. Podía conseguir que lo detuvieran si ese había sido el caso. Bueno, ¡y si seguía vivo, más de veinticinco años después! Quizá, ahora que Danard estaba relajado, fuera el momento adecuado para hablar del tema.

—¿Te puedo preguntar una cosa?

Danard abrió un ojo.

—¿Qué pasó aquella noche?

Danard abrió los dos.

—¿Te refieres a «la noche»?

Asentí.

—No tengo ni la menor idea —respondió.

—Me gustaría ayudarte. Quizá haya algo que pueda hacer —insistí—. ¿No recuerdas nada de lo que ocurrió?

—Muy vagamente —se animó a responder—. No podía dormir, por más que lo intentaba… Después, el mundo ya no era el mismo. Yo ya no era el mismo.

—¿Y no tienes ninguna teoría de lo que pudo pasar? ¿Durante todos estos años no has pensado…?

Se puso a la defensiva.

—¡Que si he pensado! —soltó una carcajada amarga—. ¡Es lo único que he podido hacer! ¡Pensar! ¡Y, créeme, no te lo deseo!

—Entonces ¿has llegado a alguna conclusión?

—Si lo hubiera hecho, no te lo contaría a ti. No sé ni quién eres ni de dónde vienes.

Entonces me di cuenta de que, con tantas emociones, no me había presentado. Sacudí la cabeza.

—Perdóname. Soy Alba.

—Eso ya lo sé. He oído tu nombre ochenta veces.

Suspiré intentando no enfadarme de nuevo. Tenía un carácter insoportable.

—Soy española. Vengo de Madrid.

Sus ojos se animaron un poco.

—Estuve en España en el 92 —dijo.

—Sí, lo sé. En el tour de *Broken Idols*.

—Esa gira tuvo grandes momentos. Estuvimos en Sevilla cuando la Exposición Universal… Me enamoré de Triana —comentó, sonriendo, con acento americano—, y el río Guapaldi… algo.

—Guadalquivir —lo corregí riéndome—. Creo que en el 92 hubo de todo: la Expo, las olimpiadas…

—Sí. El país era una fiesta. También fuimos a Granada, a la Alhambra… —Se concentró un momento y recitó en español—: *Pero yo ya no soy yo, ni mi casa es ya mi casa.*

En su voz, aquellos versos tenían otro peso, otro sentido al margen del poema.

—Lorca —dije.

—Sí. —Después añadió con tono más ligero—: En general, la gente era muy simpática. Nos trató muy bien.

—Me alegro —comenté con una sonrisa.

Clavándome la mirada, añadió:

—Las españolas tienen una belleza que no sé describir.

El corazón se me aceleró. La luz roja que emitía mi cuerpo se intensificó. No pude disimularlo. ¿Me acababa de decir algo bueno?

—Fascinante —concluyó apartando de golpe la vista—. De las olimpiadas… me acuerdo de que la mascota era un perro muy raro…

—¡Cobi! —recordé de pronto—. Mi madre tenía una camiseta con ese personaje cuando yo era pequeña. ¡Era horrible! —dije con una carcajada.

Él esbozó una sonrisa. Por fin estábamos conectando. Volví al tema importante:

—Danard, podríamos meter entre rejas a quien lo hizo.

—Hombre, el perro tampoco era tan feo…

—Nooo —repuse intentando reprimir la risa—. Me refiero a tu caso. A lo que te pasó. A… tu asesino —me atreví a decir—, si es que lo hubo. ¿Te das cuenta de que, si hubo un culpable, sigue libre disfrutando de la vida?

Danard torció el gesto y negó con la cabeza. Estaba claro que no quería hablar. Se mantenía a la defensiva conmigo. Entonces me acordé de Sue, su novia. Se había arrojado (o la habían hecho arrojarse) desde una de las ventanas de la casa.

—A lo mejor Sue me puede contar algo. ¿Está también… aquí?

—Hace años que no la veo, gracias a Dios. Pero sí estaba. En la torre blanca. —Levanté la cabeza en la dirección que indicó. Añadió—: Ten cuidado, que muerde.

Me paré un momento a reflexionar. Podía ir a hablar con ella. Pero quizá en ese momento era más importante pensar en mi propia vida. En recuperarla.

—Supongo que la policía no tardará mucho en llegar —dije—. Debería intentar volver a la realidad. Espero que sea posible… —musité mordiéndome el labio—. ¿Seguro que no sabes cómo puedo hacerlo?

Danard negó con la cabeza.

Miré a mi alrededor. Mis ojos se detuvieron en el espejo circular.

—Aquí empezó todo, delante de este espejo. Quizá sea también la clave para poder volver. —Proseguí—: Te vi a través del espejo. Te *hablé* a través de él. ¿Podríamos volver a mirarnos, a comunicarnos delante de él?

Danard no respondió.

—¿Te importaría levantarte —insistí— y hablar conmigo enfrente del cristal?

Frunció el ceño, pero hizo lo que le había pedido. Se desprendió de las enredaderas y se puso en pie. Su figura estaba mucho más perfilada que antes. Su luz tenía más volumen, si eso era posible.

Se colocó detrás de mí y me miró con seriedad a través del espejo. Fue un momento… intenso, por decir algo. Me quedé sin palabras.

—Ho… Hola —tartamudeé.

Rompí el contacto visual con él y eché un vistazo al invernadero. Esperaba que ocurriera alguna cosa. Que desapareciera el filtro blanquecino que tenía todo. Que el lugar volviese a delimitar sus contornos, a poseer esa atmósfera cálida y luminosa de cuando entré por primera vez.

Pero no pasó nada. A lo mejor debía decir algo más largo. Pensé en alguna frase que tuviera más significado. Inmediatamente me vinieron a la cabeza los versos de una de las canciones de Danard.

—«Rompe el cristal, cristal que nos separa…» —pronuncié.

Me quedé en silencio.

El mundo seguía siendo el mismo. Aquella atmósfera desvaída en la que nos encontrábamos.

Pero algo había cambiado. En los ojos de Danard había otro brillo. Mirándome fijamente, retomó la letra de la canción:

—«Rompe el cristal, cristal que nos separa, le pido de rodillas a esa máscara tuya».

Sin apartar mis ojos de los suyos, continué la canción:

—«Le pido de rodillas a tu efigie de odio».

Él concluyó:

—«Le pido de rodillas a tu estatua de sal».

And the secret garden bloomed and bloomed
and every morning revealed new miracles.

Y el jardín secreto floreció y floreció
y cada mañana revelaba nuevos milagros.

Frances Hodgson Burnett

7

Una nota de paso

Danard dio un paso hacia a mí. Yo sentí que mi cuerpo, o aquella energía rojiza en la que estaba convertido mi cuerpo, temblaba al notarlo tan cerca.

Me di la vuelta hacia él. Seguía ahí. No había desaparecido. Estábamos a un palmo de distancia mirándonos a los ojos. Nos quedamos en silencio uno, dos, tres…, seis segundos, hasta que él, por fin, lo rompió.

—Sigues igual —dijo.

—Es un hecho —constaté asintiendo con la cabeza—. Creo que debería preocuparme. Y mucho. Pero, no sé por qué, me encuentro bien. No estoy asustada.

Él levantó una ceja.

—Pues deberías estarlo. Créeme que vivir así, en este estado, es un verdadero infierno. Bueno, tal vez sea un purgatorio. Literalmente.

—Gracias por los ánimos —murmuré.

—Lo que quiero decir es que… continúes intentando salir. Prueba otra cosa.

Sospeché que deseaba deshacerse de mi presencia lo antes posible.

—Quieres que me vaya, ¿verdad? —le pregunté separándome de él.

—Alda… —comenzó a decir con acento extranjero.

—Alba —lo corregí.

—Alba —repitió—. Por cierto, ¿qué significa «Alba»?

—*Dawn, daybreak, sunrise…* —traduje al inglés.

—Me gusta —dijo—. Mira, Sunrise, en las canciones siempre hay algunas notas que solo sirven para llegar a otras. Son notas de paso. Ayudan a darle belleza a una melodía, pero en realidad son prescindibles. La melodía existe perfectamente sin ellas.

—¿A dónde quieres ir a parar? —dije con recelo.

—Tú eres una nota de paso —concluyó.

Me quedé callada un momento. ¿Su intención era herirme? Porque desde luego lo había conseguido. Y enfadarme.

—Gracias por la metáfora. ¿Hay algo más que quieras añadir antes de que esta «nota de paso» pase definitivamente de ti?

—Sí, quiero que hagas justo eso. Que busques la forma de salir y sigas tu camino, tu música propia. Tú y el resto de mis fans.

Lo miré con expresión retadora.

—Soy una más, ¿verdad?

Danard me miró de arriba abajo.

—Hasta ahora no he visto nada que te distinga de los demás. Sorpréndeme.

No quería plegarme a su juego. No era un mono de feria. Pero tampoco me iría de allí sin demostrarle que valía algo. Que yo era diferente.

Pensé rápido en qué podía ofrecerle. Qué podía contarle de mi vida que le resultara atractivo, especial. En realidad, mi biografía no tenía nada extraordinario. En mis veintisiete años no había descubierto la pólvora. Pero quizá… sí, quizá, mi verdadero talento fuera mi forma de sentir, de apreciar la belleza a mi alrededor, en los libros, los diferentes tipos de flores, la música, las palabras…

Entonces recordé el poema que había escrito esa madrugada a partir de «Antes de que anochezca».

—Esta mañana escribí algo… —respondí titubeando—. Tiene que ver contigo. Con una de tus canciones. Quizá te guste.

—Soy todo oídos —respondió escuetamente.

Comencé a recitar:

—«¿Qué esconde la tristeza de la lluvia?». Un tren que descarrila hacia tu nombre. «¿Qué sueño acecha el marco del retrato?». Abrazos de madera, no de humo. «¿Qué grita el bosque, el bosque que se quema?». Ven a aliviar mi canto de ceniza…

Por suerte, había trabajado tanto los versos que los recordaba a la perfección.

Danard me escuchaba. Me di cuenta de que, conforme avanzaba en el poema, su atención cada vez era mayor.

Cuando acabé, se acercó un poco a mí. La dureza de su expresión había desaparecido. Me miraba con interés. Podría decir que incluso con admiración.

—Eso ha sido… Ha estado… —vaciló. Se aclaró la voz—. Ha sido… muy emocionante —confesó por fin.

—Gracias —respondí agachando la cabeza con timidez.

Danard dio otro paso más.

—Tienes talento. Por tu bien, no te quedes aquí.

Levanté la vista. ¿Estaba demostrando empatía? ¿Se interesaba por mí?

—Eres hermosa por fuera y por dentro —añadió.

Me quedé atónita, colgada de sus palabras. ¿Había oído de verdad lo que había oído? ¿Danard Wilder había dicho eso? El enfado dejó paso al agradecimiento. A la satisfacción. Al orgullo. A la emoción. Y, para qué voy a negarlo, a la atracción.

Pero ¿se puede sentir atracción física hacia una energía?

Mi respuesta es sí, sí y sí. Era como si su presencia me llamara.

—¿Y… y qué pasaría… —titubeé— si no puedo irme?

—Pues… en ese caso… serás mi invitada —contestó. Noté que la atracción era mutua—. Pero comprueba primero qué ocurre si intentas salir de estas cuatro paredes.

—De acuerdo.

Señaló con gesto educado el salón, y fui hacia allá. Él me siguió. Llegamos al vestíbulo. La puerta principal estaba abierta. En el exterior, Jackie caminaba de un lado a otro mirando el móvil continuamente. La policía estaría al llegar.

Puse el pie en el umbral.

Lo crucé. Bajé los escalones de granito. Aunque era un mediodía soleado, la atmósfera del jardín seguía siendo pálida y mortecina para mí, igual que el interior de la casa.

—Has conseguido salir. —Oí que Danard comentaba a mi espalda.

—Sí. ¿Es que tú no puedes? —le pregunté volviendo la cabeza.

—No —contestó con un susurro.

—Pensaba que quizá habías sido tú quien cerró antes la cancela —dije señalando con un gesto hacia el camino de tierra que se perdía en la enramada.

—No. No puedo pisar el jardín. Y mucho menos llegar al bosque.

—Pues lo de la cancela fue bastante… antinatural.

—Desde hace años hay alguien ahí fuera —murmuró—. Alguien… como yo, me refiero. Pero muy turbio. Trastornado. Y puede mover objetos.

—Leí que hubo una persona que desapareció aquí. A lo mejor es…

Jackie me interrumpió gritando hacia la casa:

—¡Alba, voy a abrirle la verja a la policía! ¡Enseguida vuelvo!

—La policía, otra vez no —se quejó él frotándose la frente con los dedos como para apartar un dolor de cabeza.

Mi amiga cerró el coche de un portazo y arrancó. El Jaguar se alejó dejando una gran polvareda en el camino.

Danard y yo nos miramos.

—En fin —dijo—, parece que de momento vas a seguir en esta… dimensión conmigo.

Hizo el ademán de salir, pero se paró en seco antes de dar un paso. Era obvio que no podía llegar a los escalones. Lo miré desde abajo sin saber qué hacer.

Él sonrió.

—¿Quieres que te enseñe la casa? —me propuso.

Asentí con la cabeza y subí la escalera hacia él.

—Bienvenida a Gap in the Map.

Fue como si todo comenzara de nuevo entre los dos. Dejé de sentir que era la fan que había invadido su propiedad privada. Ahora era su invitada. Era alguien para él. O, al menos, alguien atrapado allí, igual que él.

—Ya conoces esta parte de la casa —me dijo haciendo un gesto que abarcaba toda la planta baja. Inclinó la cabeza hacia la escalera imperial que subía y se bifurcaba a derecha e izquierda—: ¿Prefieres ir primero al ala este o al ala oeste? —me preguntó.

—¿Cuál de las dos vuela más alto? —le respondí intentando bromear.

—Ahora ninguna. Las dos se arrastran, pero de diferente forma.

—Entonces podemos empezar por la que más te guste.

Asintió pensativo.

—Ven. Te llevaré a la sala de madera.

Subimos hacia el ala este y, después de atravesar un pasillo, llegamos a una puerta protegida por un tótem nativoamericano. Un animal alado de tamaño monumental.

Me vino a la cabeza el término «apropiación cultural». Miré un momento a Danard. Era de la generación X, anterior a todos estos conceptos. No había vivido las últimas revoluciones sociales: Me Too, Black Lives Matter… Sin embargo, su forma de vivir siempre había sido abierta e inclusiva hacia otras culturas, hacia los que no eran como él.

Danard agachó la cabeza, se llevó la mano al corazón en un gesto de respeto ante el tótem y me cedió el paso.

La sala era un vasto espacio circular lleno de instrumentos. Parecían preparados para dar un concierto, como una gran orquesta polvorienta y fantasmal. Batería, violonchelo, clarinete, tuba, violín… Las paredes eran de madera, y también el suelo, el techo, la doble fila de asientos que rodeaban la sala… Era un pequeño auditorio en el que todos los instrumentos se hubieran quedado dormidos, como por encantamiento.

Pero había algo que brillaba por su ausencia.

—Ahí tenías colgadas tus guitarras, ¿verdad? —señalé hacia una pared llena de soportes vacíos.

—Ajá. Las acústicas —me miró significativamente—. Las eléctricas estaban en la sala negra. Peter también se las llevó —dijo con amargura.

—¿Podemos ver más habitaciones?

—¿Te interesa alguna en particular? ¿La sala negra? ¿Mi estudio de grabación?

Reflexioné un momento. En un antiguo reportaje había visto fotos preciosas del interior de la casa, pero hacía años de aquello. Sin embargo, recordaba una en especial.

—La habitación de cristal —respondí.

—No es de cristal —repuso.

—¿No? Recuerdo un cuarto medio transparente… ¿Es de alabastro?

—Descúbrelo por ti misma —me dijo invitándome a salir al pasillo.

Avanzamos por él hasta un punto del que salían varias escaleras. Una era de caracol, hecha de hierro forjado. Otra estaba invertida y no llevaba a ninguna parte, como un cuadro de Escher. Pero había una tercera que estaba dentro de una torre de vidrio y parecía de vidrio ella misma. Comenzamos a subirla hasta llegar arriba. Allí lo que había… era un cuarto de material traslúcido.

Me aproximé a una de las paredes. Era… ¿húmeda?

Acerqué a ella la nariz y la olí. No desprendía ningún olor. Me fijé en su superficie con atención.

—Espera… —murmuré—. Podría ser… ¿sal?

—Así es. La habitación de sal —constató.

La sal aparecía en varias de sus canciones. Como símbolo de frialdad, de distanciamiento, de esterilidad…

Esta era una sala limpia, aséptica. Sin objetos. Sin muebles. Era un cubo perfecto. Una caja.

—¿Para qué utilizabas esta habitación? —le pregunté con curiosidad.

—La sal tiene muy buena acústica —respondió—. Hay unas minas de sal en Polonia donde se han hecho conciertos. La verdad es que, cuando la mandé construir, tenía la intención de venir a tocar o a componer aquí de vez en cuando. Pero acabó siendo más un refugio para purgar mi mal humor. A veces, simplemente venía a sentirme miserable.

—La podías haber hecho de azúcar —bromeé.

Soltó una pequeña carcajada, a su pesar.

—Sí. Eso habría cambiado mucho las cosas. Podías habérmelo sugerido.

—Faltaban todavía unos años para que yo naciera.

Se quedó abstraído un momento.

—Dios, eres tan joven… —murmuró.

—Bueno, técnicamente tenemos la misma edad. Veintisiete años, ¿no? —añadí.

—No, yo tengo veintisiete años y una losa de tiempo encima. Bien amarga.

No supe qué decir. No me esperaba una metáfora. Dejé pasar unos segundos e intenté animarlo con lo primero que se me ocurrió.

—Pues sigues pareciendo el de siempre —dije aparentando frivolidad—. Un poco más traslúcido, como este cuarto —añadí con una sonrisa—, pero igual de joven y…

Entrecerró los ojos mirándome con curiosidad.

Ups. Me había metido en un aprieto. Pensaba haber dicho «guapo», porque seguía siendo guapo a morir (y nunca mejor dicho), pero me arrepentí. Me dio vergüenza. ¿Cómo iba a acabar la frase?

—¿Y…? —inquirió.

«Ay, madre —pensé—. Va a creer que soy tonta, pero es lo único que se me ocurre».

—Y… de alto —concluí.

Levantó las cejas durante un segundo. Probablemente recordando ese test de inteligencia que debía haber puesto en la puerta de la casa.

Pero enseguida cambió de tema:

—A pesar de todo, sí escribí algunas canciones aquí. «Spite in the Wounds» y «Seek Sanctuary», de mi último disco, supongo que póstumo. —Me quedé callada. «Rencor en las heridas», «Acógete a sagrado»… No me sonaban temas con esos títulos ni que hubieran sacado un disco póstumo, pero él continuó hablando, como justificándose—: Sue me hacía la vida imposible.

—Ya. Lo leí en uno de tus diarios.

—¿Cómo? ¿Has leído mis diarios?

Se apartó de mí, espantado.

Enrojecí por completo.

—No… No es lo que parece… —me justifiqué—. Uno de ellos, el último, se publicó hace unos años. Lo he leído yo… y miles de personas también.

Danard dio un puñetazo contra la pared. Su golpe no emitió ningún sonido.

—¿Es que nadie tiene el menor respeto por la vida de los demás?

—Te equivocas. Si los hemos leído ha sido por interés hacia tu vida…, con respeto y amor… a tus canciones, a lo que pasaste mientras las componías…

Sacudió la cabeza, como si le costara aceptar mi explicación.

—Mi hermano robó mis objetos más valiosos. Pronto expoliarán mi casa. Pero, al parecer, ya me han desvalijado por dentro.

—No lo veas de esa manera —repliqué acercándome a él. Instintivamente fui a coger su mano y recibí una descarga de energía.

No había sido muy fuerte, pero retiré la mano de golpe. Los dos nos miramos, sorprendidos.

—He notado algo —dije.

Volví a pasar la mano sobre la suya. Sentí de nuevo un suave calambre.

—Tú… ¿me sientes? —le pregunté.

Danard se miró la mano. Después la levantó hacia mí.

—Te siento… mucho.

Yo también alcé la mano y la coloqué sobre la de él, más grande. Al principio noté una presencia eléctrica sobre las yemas de los dedos. Pequeños chispazos que recorrían de forma sostenida el lugar donde entrábamos en contacto.

Al tocar mi resplandor rojizo, su luz empezó a cobrar más fuerza y definición. Sentí que Danard estaba absorbiendo energía a través de mí.

Pero no era doloroso, todo lo contrario. Era extrañamente agradable. Y yo no me debilitaba al hacerlo. Mi luz también parecía crecer.

Danard cerró los ojos, como dejándose llevar por la sensación que le ofrecía. Estaba tan atractivo con los labios entreabiertos… Atractivo hasta el límite de lo imposible. Concentrado en sí mismo, como cuando cantaba algo íntimo, al margen de los miles de fans que lo rodeaban escuchándolo absortos. Pero esta vez era en mí en quien pensaba. Me estaba sintiendo *a mí*.

Tuve el impulso de aproximarme más, de acercar mis labios a los suyos… Pero me reprimí y, sin saber por qué, aparté la mano.

Él, al notarlo, abrió los ojos. Sacudió la cabeza, como aturdido después de la experiencia.

—¡Guau! —exclamó—. Eres de alto voltaje.

No pude evitar sonreír.

—¿En comparación con… las plantas?

—En comparación con todo lo que he sentido hasta ahora. Bueno, desde que estoy así —respondió.

Se mordió el labio, como con deseo, e intentó tocar mi mano otra vez, pero la escondí.

—Si quieres volver a sentirme, tendrás que ser un poco más amable conmigo —le advertí—. Me has tratado fatal desde que llegué.

—Lo sé. —Agachó la cabeza—. Me lo merezco.

Nos quedamos callados unos segundos.

—¿Qué quieres hacer ahora? —dijo él rompiendo el silencio.

—¿Hay algo que creas que pueda ayudarme a volver al mundo real?

—No. No lo sé, la verdad. Pero, por favor, no te vayas todavía… Déjame pensar qué te puede gustar. Te puedo… enseñar la cueva.

Sentí que me iluminaba por dentro. De hecho, mi resplandor rojizo se hizo más intenso.

—Sí, por favor. Llévame a la cueva.

Though nothing will keep us together
We could steal time just for one day.

Aunque nada nos mantendrá juntos,
podríamos robar tiempo solo por un día.

DAVID BOWIE

8

La cueva

En una esquina del salón, detrás de un biombo de espejos, había una escalera descendente en la que no me había fijado antes. Era estrecha y también de caracol. Sus peldaños parecían de pizarra. Estábamos a punto de comenzar a bajarlos cuando nos sorprendió el sonido de una sirena.

—¡La policía! —exclamé tapándome la boca con la mano.

Enseguida oímos cómo se abría la puerta principal y entraba Jackie junto a dos agentes. Me acerqué.

—¿Y dices que estabais las dos aquí cuando desapareció? —preguntó uno de ellos señalando hacia el salón.

—Sí —respondió mi amiga—. Bueno, yo, en el salón, y ella, en el invernadero que hay detrás. He encontrado su bolso en el suelo.

—Mira, podemos recorrer ahora la casa contigo si quieres —intervino el otro—. Pero hasta que no pasen cuarenta y ocho horas no vamos a activar ningún protocolo.

—A lo mejor se ha quedado encerrada en el cuarto de baño…
—sugirió el primero con una risotada, como si fuera muy gracioso.

Jackie puso los ojos en blanco, pero no dijo nada. Comenzaron a recorrer la planta baja y escuché varias veces cómo mi amiga me llamaba en voz alta. Sentí un nudo en el estómago.

Danard se debió de dar cuenta.

—¿Nos vamos de aquí? —me propuso—. Esto puede durar un rato. ¿Bajamos a la cueva?

Asentí. Me invitó con un gesto y pasé delante.

Descendimos muchos pisos bajo la tierra. Una barbaridad. Trece o catorce plantas de escaleras. Era como si verdaderamente estuviéramos entrando en un agujero del mapa.

Después avanzamos unos metros de pasillo hasta que se abrió ante nosotros una enorme cavidad.

Noté enseguida sensación de frescor, a pesar del frío constante que sentía en la dimensión en la que estaba. Y un borboteo suave que parecía rumor de agua.

En la oscuridad no podía distinguir las paredes ni el techo porque la única iluminación que había ahí abajo era la que procedía de nuestros cuerpos, que no llegaba más allá de un metro a nuestro alrededor.

—Con los años, he descubierto que Platón tenía más razón de la que yo pensaba —comentó Danard—. He acabado siendo una sombra dentro de una caverna.

Me guio hasta un lugar donde la luz se reflejaba a nuestros pies. Era la orilla de un lago subterráneo. En las ondas de su superficie, el resplandor blanco de Danard y el mío granate se enlazaban como hebras de un tejido brillante en movimiento.

Nuestro reflejo nos permitió ver el alto techo, del que colgaban estalactitas y cortinas de piedra, entrecruzándose entre sí, con texturas granulosas. Parecían las entrañas de un animal en estado de latencia.

—¡Es… extraordinario! —exclamé.

—Siempre he sentido que este lugar, estas aguas, tenía algo —comentó él—. Hay una fuerza telúrica aquí abajo.

Asentí. Yo también lo notaba.

—¿No te ayuda a reponer energías?

—No —respondió—. Su vibración es de otro tipo. No sé definirla. Es otra clase de vida. No tiene que ver con la energía orgánica de las plantas y los animales —me explicó—. Esto es… mineral. Seco, a pesar de contener agua. Hay una especie de verticalidad espiritual aquí abajo. —Sacudió la cabeza—. Perdóname, pero no sé explicártelo.

Una gota helada cayó sobre mí desde lo alto y me atravesó de arriba abajo.

—¡Oh! —exclamé sorprendida por la sensación.

Danard se rio.

—Dicen que eso son besos de cueva —comentó.

—Pues no ha sido muy agradable —musité con una sonrisa.

—Ya. Necesitan que alguien les enseñe a besar.

Caminamos por la orilla hasta llegar a una pared donde la piedra formaba diseños fantásticos, como si se contorsionara.

—Es impresionante.

Me hubiera gustado tener más vocabulario en inglés para expresar mi asombro ante toda aquella belleza que apenas podía entrever.

—Sí —dijo Danard—. Es piedra caliza. Tuvimos mucho cuidado para que los cimientos de la casa no afectaran ni destruyeran nada de esto.

Seguí andando junto a la pared e iluminé nuevos rincones con mi luz. Ahora la piedra recordaba a los arrecifes de coral. Desde allí partía uno de los túneles que recorrían el bosque por debajo. Al parecer, había un laberinto subterráneo, con arroyos y canales.

—Me pasaría horas aquí —comenté.

—Por lo que parece, vas a poder hacerlo…

—No. —Sacudí la cabeza—. Necesito volver a ver qué dice Jackie. Debo estar con ella.

—Jackie… —gimió. Se pasó la mano por el pelo con cansancio y después asintió—. Te acompaño arriba.

—Espera —le pedí—. Un minuto más.

Me acerqué al muro que había un poco más adelante, donde la piedra cobraba un aspecto blando, como de esponja, trepanada por cientos de pequeños agujeros. Más allá había algo parecido a una colmena, tan alta como yo, con pisos que ascendían en espiral, divididos en celdillas membranosas.

—¡Increíble! —exclamé asombrada—. Esto es único. Supongo que comprar este terreno debió de ser muy caro —reflexioné.

—Sí. El estado de Connecticut no quería que la cueva pasara a manos privadas.

—¿Cómo lo conseguiste?

Danard tardó en responder. Titubeó.

—Hay muchas cosas… que no recuerdo. —Me miró y levantó una ceja—. A lo mejor tú sabes la respuesta mejor que yo, ya que te has leído mis diarios.

Sentí que me sonrojaba.

Danard apartó la cara.

—¿Nos vamos ya?

La subida hasta el salón habría sido una pesadilla de haber tenido que hacerla en condiciones normales. Pero, al no tener cuerpo, no me costó casi nada. Me resultaba fácil desplazarme por el espacio.

Jackie y los agentes de policía estaban todavía por alguna de las torres. Tardaron un buen rato en bajar. Cuando por fin aparecieron, se veía que estaban deseando salir de la casa. Uno tenía varios arañazos en la cara. Ellos tampoco se fijaron en la escalera que llevaba a la cueva, oculta tras el biombo.

Entonces Danard dijo que necesitaba descansar y que se iba al ala este.

Yo me quedé junto a Jackie.

Se despidió de los agentes en el umbral de la casa, y el coche de policía se alejó por el camino de arena hacia el bosque. Pero mi amiga volvió a entrar.

—Alba, si puedes oírme —dijo bien alto—, que sepas que no te voy a abandonar. —Su voz tembló—. He anulado la fiesta. Liam va a venir ahora a acompañarme. Traerá una tienda de campaña, por si no apareces antes de que se haga de noche. Te esperaremos fuera. Ahora voy a la verja, a esperarlo. —En tono bajo, añadió—: Sal de aquí si puedes.

«Sal dejando el corazón», recordé que decía la cancela.

Y entonces me vino a la cabeza lo que Danard había dicho: alguien trastornado rondaba sus terrenos. Un fantasma que podía mover objetos. Quizá fuera más seguro que Jackie y Liam durmieran en la casa…

Me quedé sola en el salón. Paseé por el invernadero. Me entretuve un rato mirando a través de la ventana. Atardecía. La brisa entraba por varios vidrios rotos.

Al cabo de media hora, el coche de Jackie volvió seguido de una furgoneta, vieja y polvorienta. Aparcaron delante de la puerta, y de la furgoneta salió un chico. Liam, supuse.

No estaba nada mal. Era moreno, con las espaldas anchas. Desde mi dimensión podía ver que tenía un aura verde, como la de las plantas.

En cuanto cerró la puerta, abrió los brazos y Jackie se hundió en ellos. El abrazo fue muy largo. Por cómo mi amiga sacudía los hombros, me di cuenta de que estaba llorando. Debía de estar muy asustada.

No era extraño. ¡Yo tenía que estar igual! Pero lo cierto es que la presencia de Danard me mantenía entera. Animada. Sentía curiosidad. Sabía que estaba viviendo algo excepcional, e internamente poseía la convicción de que no estaba muerta. ¡No había hecho nada que justificara mi muerte! De hecho, ¡no había cadáver! Era cuestión de tiempo que volviera a ser de carne y hueso. Al menos, eso quería creer.

Jackie y Liam se pusieron a hablar y salí a escuchar su conversación.

—No les he contado nada a mis padres todavía —murmuró Jackie—. Y, mucho menos, a los suyos.

—Has hecho bien —dijo Liam cogiéndole la mano para darle seguridad—. Lo mismo se ha quedado atrapada en algún armario, una trampilla…

—Sí. Quizá los policías tengan razón. Ojalá.

—Te ayudaré a recorrer de nuevo la planta baja, a ver si la encontramos.

Ella lo miró con brillo en los ojos.

—No sabes cuánto te lo agradezco.

Liam le apretó la mano y echaron a andar hacia la puerta principal.

—Por cierto, he traído leña para hacer un fuego. Y mazorcas de maíz ¡y salchichas! —comentó él—. Si hay que acampar, mejor hacerlo como es debido, ¿no?

Ella se rio.

—¿Y no has traído nubes de caramelo?

—¿Por quién me has tomado? ¡He comprado nubes, chocolate y galletas para hacer *smores*! ¡Los sándwiches más empalagosos del planeta! Y cervezas. ¡Y whisky!

—¡Bravo! —exclamó Jackie—. ¡Estás consiguiendo que desee pasar la noche aquí!

Pero cruzaron el umbral de la mansión y a mi amiga se le nubló la sonrisa.

—Ojalá que Alba aparezca pronto. Y que hagamos la hoguera con ella. Tengo ganas de presentártela. Te va a encantar.

—Pero ¿tú crees que nos quedaríamos a acampar aquí si Alba aparece? ¿O querrías salir corriendo de este lugar? —Liam echó un vistazo al vestíbulo y la escalinata—. ¡Guau! Es flipante.

—Oye —susurró Jackie con tono íntimo entrelazando sus dedos con los de Liam—, ¿te has acordado de traer lo que te dije…?

Me pregunté a qué se estaba refiriendo. ¿Preservativos? Mi amiga no paraba de sorprenderme… ¿Es que pensaban hacerlo esa noche en la tienda?

—Sip —respondió este agachándose para responder en su oído—. No te preocupes. He venido preparado: te he traído ajos, cebollas y una cruz que tenía mi abuela en la pared de su cuarto.

Pero todo esto valía para los vampiros, ¿no? —añadió con una sonrisa—. ¿Cuántos tipos de monstruos nos vamos a encontrar aquí? Porque no he traído balas de plata ni estacas de madera…

El chico tenía mucho encanto personal, la verdad.

—¿Entonces has traído la cruz y los ajos? ¡Haberlo dicho antes! ¡Vamos a cogerlos ahora mismo! —exclamó Jackie dirigiéndolo hacia la puerta otra vez.

Liam se dejó llevar con aparente resignación.

—Vale… Si te quedas más tranquila…

Suspiré. Se veía que los dos estaban viviendo su historia de amor. Yo era una excusa para que todo sucediera de forma más emocionante.

En cuanto vi que Jackie volvía con una ristra de ajos colgada del cuello y la cruz delante de la mano, se me escapó una carcajada y decidí dejarlos solos.

Podía ir al ala este a buscar a Danard. O tratar de encontrar a Sue en su torre blanca. Apostaría lo que fuera a que estaba en el lado opuesto donde se encontraba él. En el ala oeste.

Merecía la pena intentar hablar con ella.

Quizá incluso lograra descubrir alguna cosa.

Ojalá que no pueda tocarte ni en canciones.

SILVIO RODRÍGUEZ

9

Gato encerrado

Nunca me había gustado demasiado Sue, la verdad. En el diario de Danard que había leído la relación estaba ya muy deteriorada y ella era un peso para él, un obstáculo para su estabilidad física y mental. Aunque no para su creación. Gracias a ella, o tal vez *por culpa* de ella, había escrito sus mejores canciones.

Sue tampoco había tenido una vida fácil. Su infancia, con padre y madre alcohólicos, había sido una pesadilla. El éxito de Danard había hecho que pasara de ser una adolescente desconfiada y rebelde a una millonaria caprichosa, pero dependiente de él. La inseguridad que sentía sobre el amor de Danard la desequilibraba con frecuencia y la volvía irascible. Montó bastantes numeritos delante de los periodistas. Estaba obsesionada con no perderlo.

Su belleza tampoco era fácil, estándar. Había luchado por no ser una barbie más, como las parejas de tantos famosos de la época. Tenía los pómulos altos y la mirada retadora. Solía llevar el pelo, rubio natural, teñido de morado, y se había hecho varios piercings y tatuajes, que en los años noventa no eran algo tan común como ahora. Entre ellos, destacaba el de su escote: el *ankh*, la cruz egipcia o llave de la vida, símbolo de inmortalidad.

Sue en las fotos siempre parecía que acabara de salir de la cama: despeinada, con el rímel corrido… Pero ¡ojalá yo saliera de la cama con su aspecto altivo y seductor!

En definitiva, tenía estilo. Y actitud.

No era extraño que Danard hubiera caído en sus redes.

Subí por la gran escalinata y comencé a perderme por pasillos y escaleras. Afortunadamente era verano y tardaba en anochecer. Pero la luz del crepúsculo —amortiguada por aquella dimensión pálida en la que me encontraba— caía por los ventanales que daban al oeste y también iluminaba los pasillos a través de los cristales esmerilados de las puertas de los dormitorios. Dormitorios que eran como suites de hotel.

Para encontrar la torre blanca sabía que debía seguir hacia arriba, y fui ascendiendo todas las escaleras que encontré. Algunas llevaban a corredores sin salida y tenía que retroceder. Otras me conducían a nuevas escaleras.

Lo más probable es que fuera la misma torre desde la que Sue se había tirado. O la habían hecho tirarse. Me estremecí.

Por fin llegué a unos peldaños de mármol blanco que podían llevar al lugar que buscaba. Las paredes también eran de esta piedra. Empecé a subirlos, pero me detuve de golpe al oír un gemido.

Se me puso la piel de gallina.

Un gemido no, varios.

En la parte superior de la escalera apareció una mancha anaranjada. Me sobresalté.

Era un gato.

Me quedé muy quieta. El animal me escrutó con sus pupilas rasgadas. Estaba claro que me veía. ¡El gato me miraba!

Después siguió bajando. Pasó a mi lado con cuidado de no rozarme y continuó escaleras abajo.

Intenté recuperar el aplomo y avanzar. «Venga, vamos uno a uno», me dije. Un escalón, otro escalón… Poco a poco me fui dando cuenta de que los gemidos eran en realidad una sucesión de maullidos encadenados, y eso me dio seguridad.

Llegué al final de la escalera. Ante mí había una puerta medio abierta. A través de la abertura vi animales que se movían de un lado a otro. Eran más gatos. Pasé de perfil.

Lo que vi me dejó paralizada. Delante de mí, sentada en un sillón que recordaba a un trono, Sue me miraba de frente. El espectro de Sue me clavaba su mirada asesina.

A su alrededor, decenas de gatos que emitían una vibración naranja se desplazaban por el espacio creando el efecto de estar en un escenario móvil. Me sentí en una extraña atracción de feria que girara en torno a un eje fijo, el de aquella mujer llena de ira.

Decidí hablar antes de que emprendiera alguna acción que me pudiera herir.

—S... Sue —titubeé levantando las manos en un gesto de paz—. Perdona que te moleste. Soy Alba.

Sue levantó la nariz con arrogancia, como dándome permiso para que continuara. Llevaba puesta la ropa con la que murió, igual que Danard. En su caso, un vestido ajustado por la parte de arriba, sexy y provocador como ella misma. La falda era larga, con un corte desde lo alto del muslo izquierdo, que dejaba toda la pierna al descubierto.

—Vengo con buenas intenciones —le expliqué.

—¿Cómo puedes verme? ¿Estás muerta? —me preguntó de pronto.

—No —respondí—. Al menos, eso creo. Entré en la casa y pasó algo que me dejó en este estado. —Hice un gesto hacia mi cuerpo traslúcido.

—No, no estás muerta —me confirmó ella—. Se nota en tus latidos.

Bajé la mirada hacia mi pecho y me fijé. Era cierto. Un bombeo de luz rojiza me recorría de arriba abajo. Los latidos se percibían incluso a través del vestido corto que llevaba, que era como una gasa sobre mi resplandor. Un espejismo de tela.

Después la miré a ella: nada palpitaba en su energía. Pero tenía algo de boceto en proceso. Como si un pintor la estuviera borrando y retocando delante de mis ojos.

Verdaderamente era bella. Violácea como un cardenal.

—No sé cómo volver a mi estado natural —le expliqué—. Pero, mientras esté así, si hay algo que pueda hacer para ayudar… —me corregí— para ayudaros…

—No me incluyas en nada junto a ese estúpido —dijo apartando la mirada con asco—. No quiero estar con él ni en el lenguaje. Ni en una frase tuya ni de nadie.

Di un paso atrás, instintivamente, al notar tanto odio.

Sue escupió al suelo una chispa de luz oscura que cayó sobre un gato. Este dio un salto como si lo hubieran quemado.

—Eso por haberlo mencionado —me aclaró—. No quiero en mí ni el aire de su insulto.

Entonces bajó la cabeza y tranquilizó al gato cambiando completamente su expresión mientras le acariciaba el lomo.

—Perdona, Brandy… No sabía que estabas ahí debajo. Brandy bonito…

Me quedé atónita. ¿Cómo podía cambiar de estado de ánimo tan rápido? Su luz parecía mucho más ágil, más voluble que la de Danard. Al contacto con el animal, se había vuelto más intensa.

Volví a intentar hablar con ella.

—Disculpa si te he ofendido. No lo pretendía. Lo que quería decir es que me gustaría ayudarte. Cuando salga de aquí, porque espero salir, ¿hay algo que necesitas que transmita o que busque en el mundo de los… vivos?

Sue levantó una ceja.

—¿Tú? ¿Qué vas a poder hacer tú? —dijo con desprecio.

—Bueno, dado que nunca llegó a resolverse el caso de vuestra… muerte…

Siempre me costaba decir ese término, pero enseguida me quedó claro que estaba poniendo la atención en las palabras equivocadas.

—¡No escuchas! ¡Te he dicho que no me metas en el mismo saco con ese pedazo de basura! —exclamó—. ¡Todo es culpa suya!

Su pensamiento parecía tener un foco único.

—Perdona, Sue. Pero ¿entiendes a qué me refiero? Si fue un asesinato, ¡vuestro asesino sigue en libertad!

—No escuchas. No escuchas. No escuchas… ¡Tú, que podrías escuchar, no lo haces!

Entonces abrió los ojos como platos y, con la mirada clavada en el techo, comenzó a reír como si estuviera poseída. Primero un gato, después varios y luego todos se pusieron a maullar a la vez.

Me tapé los oídos, asustada. ¿Qué había dicho que podía provocar esa reacción? ¿Qué la hacía reír así?

De golpe, cerró la boca. Y los gatos se callaron también.

—Está tramando algo —dijo señalando la ventana desde la distancia.

Era amplia, de doble hoja. Si era la misma desde la que cayó, alguien había tenido el detalle de cerrarla.

—¿Quién, Danard?

«Trágame tierra. Lo he vuelto a mencionar».

—¡Que te he dicho que no…!

—Sí, perdona, perdona —la interrumpí—. ¿A quién te referías entonces?

—A él —dijo volviendo a señalar la ventana sin acercarse a ella, como con resquemor—. Ha roto la reja. Lo va a dejar pasar.

—¿Él? ¿Quién es él? ¿A quién va a dejar pasar? —pregunté preocupada aproximándome para mirar a través del cristal.

Volvió a reír como una bruja, sin responder.

Me mordí el labio, pensando en Jackie y Liam, y me alejé de aquella inquietante ventana.

De golpe, se levantó y vino hacia mí. Puso su frente muy cerca de la mía y, mirándome con ojos de loca, me gritó:

—¡Tienes que irte! ¡Tienes que avisarlos!

Sentir la energía de Sue tan cerca, más la advertencia de un peligro inminente, me resultó espeluznante. Se me erizó todo el cabello.

—¿De verdad? —le pregunté con gravedad separándome de ella.

Sue asintió, sin atisbo de risa esta vez.

—No pierdas el tiempo. ¡Corre!

—Ya voy —le respondí.

Retrocedí de espaldas, sin apartar la mirada de ella, hasta que llegué a la puerta.

Bajé de la torre blanca corriendo, escaleras abajo.

Jackie y Liam no estaban en la planta baja. Me asomé al exterior y tampoco los vi. «De momento están seguros», pensé. Tenía un poco de margen para averiguar cuál era el peligro al que se iban a enfrentar. O nos íbamos a enfrentar, en conjunto.

Decidí armarme de valor y adentrarme en los terrenos boscosos que rodeaban Gap in the Map siguiendo la dirección que Sue había señalado. Pasé por delante del coche y la furgoneta, y tomé un estrecho camino de tierra diferente del que habíamos recorrido para llegar.

Los pájaros llenaban el aire con sus cantos antes de que la noche impusiera su silencio. El aire era fresco y limpio. Los lirios de día (cuya vida solo dura el tiempo de las horas de sol) ya se habían marchitado. Otros se abrirían al día siguiente.

Caminaba atenta a cualquier signo de peligro.

Se acercó a mí una diminuta ardilla rayada (de las que aquí llaman *chipmunks*). Me miró unos instantes y después se escabulló a toda prisa.

Había bellotas caídas, mucho más anchas y redondas que las que se veían en España; hilos de gigantescas telarañas que apresaban la luz roja del sol; hongos naciendo de los troncos caídos como mariposas pardas que se hubieran posado un segundo en ellos. A veces me impedían avanzar las zarzas y otros arbustos que habían crecido desaforadamente, y debía dar rodeos para retomar el camino. Se notaba que el bosque había estado descuidado mucho tiempo.

Llegué a la reja.

No vi nada excepcional, así que comencé a recorrerla en una de las dos direcciones. Al cabo de unos minutos volví sobre mis pasos y caminé en sentido opuesto. Por fin lo encontré: la apertura de la que hablaba Sue.

Alguien había roto los barrotes, que en esa zona estaban carcomidos por el óxido, y había dejado abierto un hueco. Suficiente para que pudiera pasar una persona.

Una persona grande.

Wo aber Gefahr ist, wächst
Das Rettende auch.

Pero allí donde está el peligro crece
también lo que nos salva.

HÖLDERLIN

10

Peligro suelto

Entonces oí un chasquido.

Me volví.

No vi nada a mi alrededor.

Otro chasquido.

Giré la cabeza en esa dirección y agucé la vista. Nada tampoco. Di un par de pasos con precaución. Fui avanzando más. Poco a poco. Encontré un gran socavón en la tierra lleno de hormigas. Las huellas de garras que había en los bordes me hicieron pensar que un animal de gran tamaño había descubierto el hormiguero y lo había excavado hasta casi un metro de profundidad. ¿Para qué? ¿Qué tipo de animal comía hormigas? ¿Había osos hormigueros en Connecticut? Pero siempre había creído que las comían introduciendo la lengua por el orificio…

El bosque empezó a quedarse en silencio mientras caminaba. El canto de los pájaros había cesado. Tenía que seguir adelante. No había otro remedio. Volvería a la mansión con precaución. ¿Por qué se habían callado? Aún no era de noche. ¿Había algo que los asustaba?

El corazón me bombeaba con fuerza. Comencé a sentirlo en las sienes.

Entonces noté que todos mis sentidos se despertaban. Desde hacía unas horas la realidad era un pálido reflejo de sí misma, y, para compensarlo, fue como si me crecieran antenas. Veía a mi alrededor con el doble o el triple de mi capacidad. Ahora podía percibir cosas muy lejanas y era capaz de analizar con rapidez cualquier movimiento de ramas u hojas que hubiera cerca de mí. Era fruto del miedo. Ese estado de alarma me había dado un poder sensorial que no había experimentado hasta ahora.

Finalmente, llegué al claro donde estaban los coches y mis sentidos se relajaron. Por supuesto, yo también. Liam tenía el maletero abierto y estaba descargando el saco donde guardaba la tienda de campaña. Jackie, a su lado, hacía comentarios mientras señalaba las bolsas de comida.

Me acerqué.

—Yo me encargo de montar la tienda —dijo él—. ¿Por qué no vas a buscar hojas y ramas pequeñas que podamos quemar hasta que prendan los troncos? —le preguntó a Jackie.

—No. Ni hablar. Con Alba todo empezó igual. —Cambió la voz, como imitándome—: «Déjame a solas un minuto, que no va a pasar nada». ¡Se lo advertí! ¡Es lo que hacen los personajes estúpidos de las películas de terror! ¡Separarse! Y mira lo que ha pasado.

—La pobre Alba, cuando aparezca, lo primero que va a oír es un «te lo dije».

—Grande como una casa. Se va a quedar sorda. ¡Alba! Si me oyes desde aquí —exclamó dirigiéndose a la casa—, escucha bien: ¡TE LO DIJE!

Me reí a la vez que me sonrojaba. Jackie tenía toda la razón. Y yo toda la culpa de estar haciéndole pasar ese mal rato.

—Si quieres montar la tienda, la monto contigo. Y, si te da el antojo de coger hojas y ramas, vamos los dos a buscarlas. —Musitó—: Podrías haber traído un hornillo de camping gas, que es más rápido…

Liam torció la cabeza hacia un lado.

—Todavía no ha pasado nada entre nosotros ¿y ya me estás dando órdenes y haciendo reproches?

Ahora fue Jackie la que se sonrojó.

—¿Has dicho «todavía»? ¿Y quién te dice que va a pasar algo en algún momento…?

—Bueno, tuve la intuición. Pero será mejor dejar la conversación aquí. Si no te preocupa que la oscuridad nos pille sin tienda ni fuego, lo hacemos todo juntos.

—No me preocupa. Es el mal menor. Prefiero estar a tu lado, aunque se nos haga de noche.

A Liam se le escapó una sonrisa.

Entre los dos sacaron del saco la tienda de campaña y la montaron. Se notaba que era de él y que ya había vivido bastantes aventuras. Tenía varios rasguños, grandes manchas de barro, una raja en la parte superior… y arena y hojas de la última excursión, que tuvieron que sacudir.

La cara de Jackie era un poema, aunque intentó disimular delante de Liam. Debía de gustarle bastante. Ella era más de *glamping:* dormir en la naturaleza con todas las comodidades de un hotel de cinco estrellas.

Eché un vistazo en el maletero abierto: entre los bultos no había nada parecido a una cama hinchable ni una almohada ni productos antimosquitos…

Justo entonces, Liam se dio una palmada en el brazo.

—¡Ya me están picando los bichos! —comentó—. Será mejor que nos encarguemos de encender el fuego pronto. ¿Vamos a buscar…?

—¿Las ramitas que tanto te gustan? Sí. No queda más remedio, ¿no? ¿No se puede hacer el fuego sin ellas?

—Podemos intentarlo, pero los troncos van a tardar mucho en arder. Los mosquitos nos van a masacrar como no nos metamos pronto en la tienda.

—Pero ¿tú has visto la raja que tiene? Nos van a acribillar dentro de la tienda también.

Liam se rascó la cabeza.

—¿Tienes hilo y aguja?

Jackie puso los brazos en jarras y respondió:

—Sí. Justo esta mañana le decía a Alba lo mucho que me gusta coser. No salgo sin mi costurero.

—¡Qué bien, porque…!

—¡Era una ironía! —lo interrumpió.

Me di cuenta de que mi amiga estaba empezando a perder los nervios. Eso o Liam ya no le gustaba tanto como para disimular su mal humor.

—Bueno, pues nada —suspiró él, con tono cansado—. Mira, necesitamos pinocha, ramas de este tamaño… —Hizo un gesto con los dedos, que abarcaba más o menos un palmo. Jackie murmuró algo entre dientes. Liam continuó—: Si ves abedules, coge también un poco de su corteza, que prende muy rápido.

Jackie asintió y se pusieron manos a la obra para acabar lo antes posible.

Yo también estaba deseando que terminaran. Prefería que estuvieran más cerca de la casa para que se refugiaran rápidamente en su interior si ocurría algo. No sabía quiénes eran esos seres que los amenazaban, según Sue, pero ojalá hubiera al menos una puerta entre ellos y mis amigos.

En realidad, Liam no era mi amigo. Técnicamente hablando, todavía no me conocía. Pero me resultaba muy fácil sentir simpatía por él.

No se adentraron mucho en el bosque. No hacía falta. Y no tardaron mucho en volver. Liam colocó varios troncos en el lugar donde iban a hacer el fuego (la explanada delante de la puerta principal donde estaban también los coches y la tienda) y encendió entre ellos un montoncito de hojas, ramas y tiras de corteza de abedul, blanca y fina como el papel.

Él y Jackie comenzaron a soplar. La luz temblorosa iluminaba los dos rostros. De pronto, se miraron a los ojos y dejaron de soplar. Se quedaron inmóviles unos segundos. Parecía que, después de tanta pelea, se iban a besar. Aparté la vista de ellos para dejarles privacidad, pero al hacerlo vi que por la izquierda se les acercaba una masa grande y oscura.

—¡Un oso! —grité.

No me escucharon, obviamente.

Sin embargo, Jackie no tardó mucho en escuchar sus pisadas.

—¡AAAH! —chilló horrorizada—. ¡Un oso! ¡Un oso! ¡Un oso! —repitió.

Liam la cogió enseguida de la mano.

—Shhh… Vamos hacia atrás —le dijo.

Era un oso negro, de tamaño descomunal, y avanzaba con decisión.

—Va hacia la furgoneta —comentó Liam.

—¡Por la comida! —exclamó Jackie—. ¡Nuestra comida!

Liam asintió despacio con la cabeza.

—Parece hambriento. Vamos a tu coche. ¿Está abierto? ¿Lo cerraste con llave?

El oso había llegado ya al vehículo y metió el hocico con energía en una de las bolsas de papel marrón del supermercado.

Entonces vi que alguien llegaba por detrás de él. Una figura alta y fantasmal, de miembros largos. Su silueta desdibujada creaba un extraño efecto óptico. En vez de emitir luz, parecía proyectar el vacío, la oscuridad.

Llevaba en la mano una rama con punta afilada. Se acercó al oso por detrás, que seguía buscando comida en la bolsa, y lo hirió con ella en el lomo.

El corazón me dio un vuelco con horror.

El oso soltó un rugido de dolor y se dio la vuelta. Miró a Jackie y a Liam lleno de ira pensando que habían sido los culpables.

—¡Oh, no! —susurré con un nudo en el estómago. ¿Qué podía hacer para ayudarlos?

Habían llegado ya al Jaguar, y Jackie buscaba en su bolso las llaves con cara de pánico. Liam se mordía el labio.

—Vamos, vamos, Jackie… —murmuraba.

El oso se estaba acercando a ellos rápidamente.

—¡Ya está! —dijo ella levantándolas con alegría y mirando a Liam como una tonta.

—¡No me las enseñes! ¡Corre! ¡Abre! —vociferó este apresurándose al otro lado del coche para ir al asiento del copiloto.

Jackie le dio al botón y entró en el Jaguar justo cuando el oso llegaba hasta ella. Cerró con un fuerte portazo y de forma instintiva pulsó el bloqueo automático de puertas.

—¡No! —exclamó Liam intentando abrir su puerta una y otra vez—. ¡No me dejes aquí fuera! —gritó contra el cristal.

I think I'll dismember the world
and then I'll dance in the wreckage.

Creo que descuartizaré el mundo
y después bailaré sobre sus ruinas.

<small>Neil Gaiman</small>

11

Máxima potencia

«Pero ¿qué estás haciendo, Jackie? —me dije, enfadada con mi amiga—. ¡Utiliza el cerebro!».

Liam golpeaba asustado la ventanilla para que ella le abriera. Mientras, el oso comenzó a rodear el coche para acercarse a él.

Yo no podía escuchar la voz de Jackie a través de los cristales, pero vi su cara de disculpa, e inmediatamente oí cómo desbloqueaba el coche.

Liam abrió en ese mismo segundo y se cobijó en el interior. ¡Ya estaban a salvo!

—¿Eres idiota o qué? —leí en los labios de Liam. Estaba enfurecido, y con razón.

Mi amiga intentó abrazarlo para pedirle perdón o refugiarse en él. Pero Liam la rechazó.

El oso se quedó mirándolos unos instantes desde la ventanilla del copiloto y pegó el hocico contra el vidrio manchándolo de babas y arena mojada. Liam se alejó de la ventanilla y, esta vez sí, abrazó a Jackie. Probablemente para tranquilizarla y tranquilizarse él también. No pude oír lo que decían.

Entonces, la figura oscura volvió a entrar en escena. «Pero ¿qué quiere ahora? —me dije—. ¿Debo intervenir?». Di un paso hacia delante.

El espectro se acercó al oso e hizo algo que me dejó boquiabierta. ¡Abrió la manecilla de la puerta!

—¡¡¡Aaaaaah!!! —gritaron Jackie y Liam, sorprendidos. Veloz como una flecha, Liam agarró el mango interior de la puerta y la cerró con toda la fuerza de la que fue capaz antes de que el oso pudiera meter la cabeza.

Clic, sonó el bloqueo automático.

Solté todo el aire que tenía contenido en los pulmones. Aquel ser era maléfico.

El oso rascó la manecilla con las garras, arañando la carrocería, y después se enzarzó contra el cristal, pero, al ver que no podía hacer nada, se apartó del coche y decidió volver a lo que de verdad le interesaba, las salchichas de la barbacoa.

Recordé lo que me había contado Jackie sobre la situación de intemperie en la que estaban quedando los osos por el afán inmobiliario. Sin bosques para vivir y sin comida. Sentí piedad hacia él.

Igual que yo, mis amigos se habían relajado unos segundos. Pero la paz nos duró muy poco a todos. El espectro oscuro se quedó allí, al acecho.

Y volvió a la acción.

Se colocó delante del capó, apoyó los dos brazos en el coche y comenzó a sacudirlo arriba y abajo. Distinguí una sonrisa diabólica en su rostro.

Jackie se puso a chillar de miedo. Histérica. Tenía la cara roja y las mejillas mojadas por las lágrimas. Liam también gritaba. Ellos no veían al espectro, pero sabían que aquel movimiento era antinatural. El oso se había alejado unos metros, y una presencia invisible estaba zarandeando salvajemente su coche.

Jackie y Liam se acurrucaron uno en el otro, protegiéndose la cabeza, por lo que pudiera pasar después.

No pude soportarlo más e hice acopio de valentía.

—¡Basta! —grité.

El oso no me percibió. En cambio, el fantasma volvió el rostro hacia mí y me miró por primera vez. Sus ojos brillaban como dos charcos de sangre en el asfalto.

Se detuvo un instante, pero debí de parecerle poco peligrosa, porque decidió seguir con la diversión.

—¡He dicho que pares! —insistí con fiereza.

La figura malvada soltó una carcajada y siguió aterrorizando a mis amigos. Sin pensar en el daño que me pudiera hacer, me acerqué para atacarlo de alguna manera, cuando de pronto esché un bramido. Una voz muy familiar, al máximo de su potencia.

Era Danard.

Había hecho temblar al propio bosque. Me estremecí de arriba abajo, pero enseguida me tranquilicé al ver que era él.

En cambio, el oso y el espectro diabólico salieron huyendo de allí. Se perdieron en la espesura igual que dos gotas de tinta en un océano nocturno.

Danard estaba de pie en la puerta de la casa, debajo del umbral. Me acerqué a él.

—Gracias —dije conteniendo mis ganas de abrazarlo—. Ha sido terrible.

—Me imagino —respondió él, sin dejar de vigilar el bosque, con expresión de alerta—. Tus amigos… ¿están bien?

Eché un vistazo hacia el coche. Jackie y Liam habían levantado la cabeza y miraban con temor a su alrededor, querían confirmar que el peligro había pasado.

—Eso parece —contesté.

—Me alegro. Estarían más seguros dentro de casa que fuera. Ese hombre…, no sé cómo llamarlo, el «huésped» que tengo involuntariamente en mis dominios está loco.

—Ya. Sé que estarían mejor en el interior, pero no sé cómo decírselo. Jackie cree que es todo lo contrario. Y no me puedo comunicar con ella. ¿Crees que a ti te oyen?

—No —respondió con sequedad—. Pero, si se quedan dentro del coche con las puertas bloqueadas, estarán a salvo del oso. Y de mi huésped. Espero que sean lo suficientemente inteligentes como para hacerlo.

Sonreí.

—Yo también.

Me vino una pregunta a la cabeza.

—Hay algo que no entiendo. No puedes mover cosas, pero… te desplazas por las superficies. Subes escaleras. Sue se sienta en los sillones. No entiendo…

—¿Has visto entonces a Sue? —me preguntó con interés.

Asentí. Danard torció la cabeza y no me preguntó nada más sobre ella.

—Puedo apoyarme en los objetos si quiero —continuó—. Lo que me resulta imposible es interaccionar con ellos, con su materia.

—Ahora que lo dices, creo que a mí me pasa igual —dije bajando la cabeza hacia mi cuerpo.

Su gesto tomó un quiebro amargo.

—No podría hacer que sonara una guitarra ni aunque la tuviera.

Recordé los soportes vacíos en la pared de la sala de madera.

—Puedo intentar traerte una si vuelvo a recuperar mi cuerpo.

Inclinó la cabeza con melancolía.

—No estaría mal —dijo escuetamente.

Retrocedí unos pasos y levanté la vista hacia la torre blanca. A través del cristal de la ventana, distinguí el tenue resplandor anaranjado de un gato. Sue no se iba a asomar, lo intuía. Pero sospechaba que había estado pendiente de lo que había ocurrido aquí abajo. Se preocupaba por mis amigos. Tal vez por mí. De alguna manera, ella, que había sido «la mala» del diario de Danard, se había convertido en una presencia protectora.

—Sue me avisó del peligro —le dije a Danard.

—¿En serio?

—Sí. Parece que puede presentir cosas. Incluso a distancia.

—Siempre tuvo costumbres muy molestas.

—Creo que, más que una costumbre, es una capacidad. Un don.

—El don de ser un fastidio constante… Quería saber lo que me pasaba por la cabeza todo el rato. Y no sé cómo, pero lo conseguía. Era como tener un bicho taladrándome la mente. Con sus preguntas insistentes…

Recordé pasajes de su diario muy explícitos sobre este tema. Y los versos de su canción «Open Book» (Libro abierto):

Quieres leerme, pero no soy un libro.
No soy un libro, porque, al abrirme, sangro.

Volví la vista hacia mis amigos: seguían en el coche. Estaban hablando. No parecían tener ninguna intención de salir, pero tampoco de marcharse. La fidelidad de Jackie me estaba dejando asombrada. Me había dicho que me esperaría y lo estaba haciendo. Contra viento y marea. Contra amenazas naturales y sobrenaturales.

—¿Qué quieres hacer? —me preguntó de golpe Danard.

No supe qué decir.

—Debería quedarme con ellos. Vigilar que no les pase nada.

—Sé que no intentará hacerles daño de nuevo esta noche. Pondría la mano en el fuego. Ahora sabe que son mis protegidos. Atacarlos es atacarme a mí. Y a mí me respeta. —Hizo una pausa y bajó la cabeza—. Entra en casa. Pasa la noche aquí. —La levantó y me miró a los ojos—. Por favor.

Sentí que un hormigueo de emoción me recorría el cuerpo. Danard Wilder, el mito de los noventa, ¡me estaba pidiendo *por favor* que pasara la noche con él!

¿Había gato encerrado?

—Espera, ¿estás intentando utilizarme? —le pregunté—. Quieres mi energía. ¿Es eso?

Danard arrastró el pie en el suelo.

—Me gusta tu energía —reconoció—. Es algo que no he sentido nunca. Pero también deseo tu compañía. Desde hace años no puedo hablar con nadie.

—Pensé que no había aprobado ese test de inteligencia que querías poner en la puerta…

Danard sonrió de medio lado.

—Disculpa. A veces puedo ser un poco mordaz.

—¿Me prometes que no les pasará nada a mis amigos?

—Te lo juro —respondió haciendo una cruz con los dedos sobre su corazón. Después se irguió, como en señal de respeto, e, inclinando la cabeza ante mí, dijo—: Pasa y no te arrepentirás.

Pues lo que importa no es la luz que encendemos día a día,
sino la que alguna vez apagamos
para guardar la memoria secreta de la luz.

Jorge Teillier

12

Luz artificial

Accedí. Crucé el umbral.

Dentro ya estaba oscuro.

—¿No hay luz?

Danard pensó un momento.

—Espera y verás —dijo creando expectación.

Después dio dos palmadas. No sonaron. Repitió con más fuerza. Las palmadas siguieron sin emitir ningún sonido.

—¡Maldita sea!

Lo intenté yo también. Pero mis palmadas tampoco hicieron ruido ni sucedió nada.

—¿Qué estamos intentando? —pregunté al fin. Bromeé—: Soy española, pero el flamenco nunca ha sido lo mío… Y tú, dada tu condición, creo que deberías dedicarte a otra cosa…

—Era alta tecnología —murmuró él—. Las luces se encendían al dar dos palmadas. La televisión con tres.

Solté una carcajada.

—¡Qué faena para un fantasma! ¡Creo que nos vamos a quedar a oscuras para siempre…!

Danard parecía contrariado.

—La verdad es que hasta ahora no se me había ocurrido encender la luz. Llevo años viendo con claridad de noche. ¿Tú no ves bien?

—Pues… preferiría que hubiera más luz, la verdad. Todo sería un poco menos inquietante. De hecho, ya lo es de por sí esta dimensión pálida y sombría en la que estoy. Hay como una especie de niebla continua —le expliqué—. Pero, bueno, puedo aguantar sin problemas. La luz de la luna entra por las ventanas… De todas formas, probablemente hayan cortado la luz de la mansión hace más de veinticinco años, ¿no? ¿O crees que tu hermano ha seguido pagando las facturas…?

—Es verdad. Gracias. Ya me siento mejor.

—¿Qué otra tecnología «moderna» tienes en casa? —pregunté con curiosidad. Después de tanta tensión, con lo del oso y el huésped diabólico, reír me hacía mucho bien.

—Déjame pensar… En el último año me compré una consola con un juego de Super Mario. ¿*Mario Kart 64* se llamaba? —reflexionó—. Pero, como no puedo apretar botones, tampoco me ha servido de nada desde entonces…

Me partí de risa solo de imaginármelo: él, tan trágico, tan crítico con la sociedad y consigo mismo, jugando al *Super Mario Bros*.

—¡Cuéntame más! —le pedí.

—Bueno… —murmuró rascándose la cabeza pensativo—, Sue se compró un Tamagotchi, que era una especie de robot pequeñito —asentí animándolo a continuar—, pero le pasó igual que a mí con la consola. No podía darle de comer y murió poco después que nosotros…

Aquello era desternillante. ¡Sue con un Tamagotchi!

—¿Sabes que podrías dedicarte a la comedia? —le pregunté entre risas.

—Pensaré en ello. Tal vez en mi siguiente vida. Pretendo vivirla de una forma menos… dramática.

—Te entiendo. Yo haría lo mismo. Has tenido drama para tres o cuatro vidas.

Bostecé.

—¿Ya te estoy aburriendo? —me preguntó.

—No, es que tengo un poco de jet lag. Perdona. Ha sido un día muy intenso también.

—Si quieres, te puedo llevar a mi cuarto.

Sentí que me sonrojaba.

—No quiero dormir aún —repuse—. Me gustaría que me contaras más cosas…

Danard se acercó a mí y me dijo:

—¿Qué quieres saber?

Su sonrisa era irresistible. Seguía teniendo el mismo magnetismo que poseía en vida.

En cuanto clavó en mí sus ojos, el suelo desapareció bajo mis pies.

—La verdad es que… me gustaría saber muchísimas cosas. Todo —bromeé. Aunque, en realidad, estaba siendo sincera.

Sonrió.

—¿Comenzamos por algo en concreto?

—Vale —respondí. Pensé unos segundos. Al fin dije—: ¿Qué significado tiene la flecha?

De adolescente había leído alguna cosa sobre el tema, pero no había llegado a comprenderlo bien. Ya ni lo recordaba.

—¿Mi tatuaje? —preguntó Danard llevándose la mano hacia la cara—. La flecha es algo que apunta, que caza, que mata. La que me atraviesa el ojo para mí es el deseo. Siempre entra por la vista.

—Interesante. Pero… no estoy del todo de acuerdo.

—¿Ah, no?

—No. Se puede desear lo que no se ve. Lo que se intuye. Lo que nos llega por otros sentidos… De hecho, tú escribes canciones. Y las canciones son invisibles. Gran parte de los jóvenes de tu época te desearon por ello.

—Buen argumento. Pero dudo que me hubieran deseado de no tener el aspecto que tengo.

—¡Ah! ¡Qué creído te lo tienes! —exclamé picándolo.

—Es así —se defendió—. La gente es frívola. TODOS. Yo no me excluyo. Tenemos un elevado porcentaje de superficialidad. —Se detuvo un momento y prosiguió—: Siempre he luchado contra mi físico. Contra lo que generaba. Contra lo que se esperaba de mí por ello.

Tenía razón. Danard había sido un *sex-symbol* a su pesar. Había hecho de todo por esconder o arruinar su belleza: llevar ropa rota, jerséis amplios pasados de moda, el pelo rubio descuidado... Era como si se deconstruyera. Se afirmaba en la descomposición de su propio yo. En ese momento comprendí también lo de la flecha: matar el deseo que él mismo provocaba. Destruir la visión.

—Ahora te entiendo —asentí—. Pero sigue sin convencerme lo de que el deseo entra siempre por la vista. —Me atreví a añadir—: A mí, por ejemplo, me excita más el tacto.

Danard levantó la ceja.

—Pues... en ese terreno no hay nada que pueda hacer. De momento. Pero aprendo rápido —sonrió.

Decidí seguirle el juego.

—¿Es una proposición? —pregunté.

—¿Quieres que lo sea?

Le sostuve la mirada fijamente un par de segundos y después desvié la vista, sin responder.

—Ven —dijo haciéndome un gesto para que lo siguiera.

Comenzamos a subir la escalera imperial hacia el ala este.

—Te enseñaré mi cuarto mientras hablamos. Ahí todavía quedan cosas que te pueden gustar. A veces siento que mi memoria desaparece y, con ella, lo poco que queda ya de lo que fue mi vida. Pero los objetos me ayudan a evitarlo. Es como si apresaran los recuerdos.

Incliné la cabeza en señal de asentimiento.

—Pero ¿has dicho tu cuarto? ¿No compartías habitación con Sue?

—Teníamos un dormitorio para estar juntos. Al llegar a esta casa lo bautizamos como «el volcán». Pero enseguida acabó siendo «el infierno». Finalmente, nos olvidamos de él, porque desde el primer momento nos habíamos reservado cada uno nuestra habitación aparte, para dormir por separado —concluyó—: Se duerme mejor solo.

—Otra frase tajante. ¡Eso depende!

—¿Me vas a contradecir en todo? —me preguntó, medio divertido, medio molesto—. ¿Es tu rollo?

—No, pero es que a veces hablas de una forma muy categórica. No estás acostumbrado a que te lleven la contraria, ¿verdad?

—El público no. Era una estrella, ya sabes. Pero Sue me llevaba la contraria siempre. Nos peleábamos todo el tiempo. No era mi ideal de pareja, la verdad —musitó mirándome de reojo—. Bueno, dime: ¿por qué crees tú que no se duerme mejor solo?

—Cuando uno está enamorado, dormirse en el abrazo del otro es… —Dejé la frase en el aire. Me estaba sonando muy cursi y ya no sabía cómo terminarla. Suspiré. No podía echarme atrás. La única salida era hacia delante—. Es… como entregarse. Confías en esa persona hasta el punto de bajar la guardia. Te abandonas. Te relajas.

—Pero el amor es una sensación muy fuerte… —repuso.

—Un sentimiento —lo corregí.

—Vale, un sentimiento. A donde quiero llegar es… ¿Tú eres capaz de dormir al lado de la persona que quieres, que amas de verdad? —No me dio tiempo a responder—: Porque yo no. Yo no podía —dijo esta vez usando el pasado—. Yo deseaba vivir el presente, no perder la consciencia. Tenerla entre mis brazos, acariciarla…

—Pues yo… depende de lo cansada que esté —respondí con media sonrisa—. Desde luego, creo que algo va mal cuando las parejas duermen separadas.

—Te equivocas. Una cosa es quererse y otra, muy diferente, dormir. No es necesario hacerlo todo siempre juntos.

—O sea que tú y Sue estabais muy bien cuando empezasteis a dormir separados, ¿no?

—Sue y yo… somos un caso aparte. Espera. Ya estamos llegando a mi cuarto —dijo mientras me invitaba a pasar.

Era una habitación amplia, con ventanales que daban al bosque. Las paredes estaban decoradas con pósters enmarcados de sus primeros conciertos.

A la derecha había una gran cama con dosel. Una tela oscura y ligera la recubría por completo. A la izquierda, un par de taburetes junto a un atril de metal sin partituras, una mesa con un ordenador antiguo y una silla de oficina con ruedas giratorias.

No había ninguna excentricidad. De hecho, al recorrer la casa había pasado por dormitorios mucho más grandes y espectaculares que ese.

—Es mi madriguera —dijo Danard como si me leyese la mente. Se acercó a la mesa de escritorio.

—Mira, esta pelota de tenis me la regaló Sting cuando ensayábamos para el concierto contra el sida. Después de que muriera Freddie Mercury. Algunos amigos míos enfermaron también. Fue una época terrible. Había mucha leyenda urbana… —Volvió a mirar la pelota y sonrió—. Mientras componía el último disco, solía botarla contra las paredes y el techo del estudio. Me ayudaba a concentrarme. A encontrar la palabra adecuada. Lo que daría por tener la sensación de botar una pelota de nuevo —imitó el gesto con nostalgia.

—Y esto de aquí ¿también tiene historia? —dije señalando una chapa que estaba pinchada en la cortina. Tenía escrito: NO DIRECTION HOME en blanco sobre negro—. Es un verso de Bob Dylan, ¿no?

—Sí. Era de él. Coincidimos en una fiesta y le dije que me gustaba su chapa. Al salir de allí, de madrugada, cuando fui al guardarropa del local, encontré la chapa enganchada en mi cazadora.

—Guau. Qué clase.

—Sí. Así era él.

—Es —lo corregí—. Sigue vivo. Además, ahora es premio nobel de literatura.

—¿En serio? ¡Cómo han cambiado el mundo! En mi época algo así era impensable. A los músicos no se nos consideraba poetas, a pesar de que trabajamos con las palabras continuamente. Me alegro por él —concluyó. Pero noté como si una nube oscura le hubiera pasado por la cabeza.

—¿En qué estás pensando?

—Si no me hubiera muerto tan pronto, podría haber hecho tantas cosas...

Lo miré a los ojos.

Danard apartó la vista y dijo con tono seco:

—No me mires así nunca más.

Ripple in still water
when there is no pebble tossed
nor wind to blow.

Onda en aguas tranquilas
cuando nadie ha tirado ninguna piedra
ni sopla el viento.

GRATEFUL DEAD

13

El aire de tu voz

—Está bien sentir dolor —repuse.

—No me refería a mi dolor. Sino a tu lástima.

—¡No es lástima, es empatía! Me pongo en tu lugar y me muero de tristez… —estaba tan cansada que no pude reprimir otro bostezo— tristeza. Lo siento.

—Tienes sueño —constató—. Pensaba que los españoles os acostabais muy tarde. Que erais más nocturnos.

—Ja. Solo llevo un día en Estados Unidos. Tengo aún el horario de España. Allí deben de ser… ¿las cuatro de la madrugada?

—Venga, pasa a la cama —me invitó con un gesto.

Miré un segundo aquella especie de caja negra de tela polvorienta y me mordí el labio.

—No sé. Me da un poco de cosa. Creo que prefiero dormir en…

—¿En dónde? ¿En el suelo?

—En el sofá del salón.

—Te prometo que no pretendo llevarte a la cama —bromeó levantando la ceja—. Estoy condenado a la castidad por los siglos de los siglos.

El cansancio me tentaba. Y era consciente de que muchas matarían por meterse en la cama de Danard, pero el aspecto que tenía era verdaderamente mortuorio.

—Voy a mirarla por dentro —comenté con cautela.

Me asomé entre el espacio abierto que dejaban las cortinas y eché un vistazo a lo que había al otro lado: un esponjoso edredón y varios almohadones grandes. Todo era negro, pero de un tono mucho más fuerte que el del exterior. El velo del dosel parecía haberlo protegido del polvo. Eso me gustó. Y parecía una cama cómoda.

Me subí a cuatro patas y me quedé sentada junto a los almohadones con las piernas cruzadas.

Danard pasó después y se sentó a mi lado.

—¿No quieres dormir?

—No estoy relajada todavía. Y menos contigo aquí mirándome —sonreí.

Se rio.

—Tienes razón. Yo tampoco lo estaría. Dejo de mirarte —dijo tumbándose y clavando la vista en la tela que recubría la cama por la parte de arriba.

Yo también me tumbé. Pero el hecho de estar en la cama con él me aceleró el corazón. Había soñado durante años que ocurriera algo así. ¿Cómo iba a poder dormir? Recordé la conversación que habíamos tenido antes sobre dormir junto a alguien a quien quieres… Pero ¡no podía darle la razón!

—¿Deseas que me vaya? —me preguntó.

Había usado el verbo «desear».

—No. Todavía no —murmuré—. Estoy cansada, pero no quiero que la noche acabe. Puedes cantarme una nana —bromeé.

Giró la cabeza para mirarme.

—¿Quieres que te cante algo? —me propuso con interés.

—Pues… me encantaría —respondí—. Cómo no.

—¿Qué te apetece?

Me puse de perfil hacia él. Nos separaban unos centímetros.

—«Hearth of Hearts».

—Me trae malos recuerdos —repuso.

—Por favor, cántamela. «Hogar de corazones» es una de mis canciones favoritas. No pienses en tu vida anterior. —Acerqué mi mano a la suya. Insistí—: Por favor. Vive el momento.

Me atreví a tocarlo y sentí una suave corriente eléctrica. Danard soltó un pequeño gemido. Movió los dedos de la mano sobre los míos, a modo de caricia. Poco a poco, la intensidad de aquella transmisión de energía fue creciendo entre los dos. Me abarcó todo el cuerpo.

—Cómo puedes hacer que sienta esto —murmuró Danard cerrando los ojos un momento.

—No lo sé —confesé en un susurro—. Yo tampoco he vivido nunca nada así.

Danard se acercó más, levantó la otra mano y la apoyó con delicadeza sobre mi corazón.

—Siento tus latidos dentro de mí —dijo clavándome la mirada—. Es como si me volviera a palpitar de nuevo.

Me fijé en él. Era verdad. Mis latidos se extendían por su figura traslúcida como las ondas en el agua, haciéndola vibrar. Mis latidos le recorrían los brazos, el pecho, la camiseta, los vaqueros… Su luz era cada vez más potente.

Nos quedamos unos segundos inmóviles, absortos en aquella sensación física que nos estaba uniendo.

Después empezó a cantar suavemente.

> *He viajado de posada en posada*
> *hasta llegar a ti.*
> *En tus manos se incendian los moteles.*
> *En tus labios no existe la intemperie.*
> *Dame tu fuego, hogar de corazones.*
> *Pongo a tus pies las cartas*
> *que me ha dado la suerte,*

mi baraja trucada,
mi escalera incompleta.
Mis cuatro gatos,
toda mi noche oscura.
Dame tu fuego, hogar de corazones.
Dame un hogar.

No puedo describir lo emocionante que fue escuchar a Danard cantándome aquella canción que tanto me había estremecido siempre. Sentí que todas y cada una de sus palabras estaban dirigidas a mí. Aunque sabía que ese era el engaño de la poesía, hacerte creer que es verdad el artificio, la ficción.

Mientras cantaba los últimos versos, me di cuenta de algo.

—Danard —susurré.

Me miró con un brillo en los ojos que no había visto hasta entonces.

—Dime.

—El velo de la cama se ha movido. Se ha movido con el aire de tu voz.

—No me gusta esa broma —dijo poniéndose a la defensiva.

Separó su cuerpo del mío y se giró para mirar hacia arriba otra vez.

—Te lo prometo. Se ha movido.

—Eso es imposible.

—¿Puedes volver a cantar? —insistí—. Ponte más cerca del velo.

Danard volvió la cara hacia mí. Reflejaba una tristeza inmensa.

—No hagas que me cree falsas ilusiones.

—No estoy bromeando. Lo he visto. La ventana está cerrada. No hay corriente.

Danard se incorporó. Señalé la parte del velo que había visto moverse.

—Repite lo último que has cantado poniendo los labios más cerca de este lado —le pedí.

—Es absurdo. ¿Quieres que le cante a la tela?

—Bueno, seguro que le has cantado a cosas peores.

Me miró extrañado.

—Soy raro, pero no tanto… Hasta ahora nunca le he cantado a cosas. Solo a personas.

—Pues hoy es un buen día para empezar —dije riendo.

Puso los ojos en blanco, pero hizo lo que le había pedido. Acercó la cara al velo y repitió: «Dame tu fuego, hogar de corazones. Dame un hogar». Al terminar la frase, el velo ondeó.

Danard se echó para atrás, sorprendido. Yo me tapé la boca con la mano.

—¡Lo has visto! ¡Lo has visto tú también! —exclamé. Danard estaba en shock—. Es como cuando le gritaste al oso —añadí—. ¡El oso te oyó! —dije dándome cuenta de golpe—. ¡Si no, no habría echado a correr!

—Llevo más de veinticinco años sin poder mover nada, no puede ser.

—A lo mejor no lo intentaste con la voz. Quizá esa sea tu verdadera fuerza.

Danard volvió a acercar la cara al velo y continuó cantando la canción. No cabía duda, el aire de sus labios hacía ondear aquella gasa oscura y delicada.

—No me lo puedo creer. Has tenido que venir tú, desde España, a descubrirme que puedo usar la voz… —Sacudió la cabeza, asombrado—. Ojalá te hubiera conocido en vida. Empiezo a creer que, si hubieras estado a mi lado entonces, todo habría sido mucho mejor.

Se acercó a mí y volvió a poner su mano sobre la mía.

Sentí que me atravesaba de nuevo una corriente de energía. De energía mezclada con deseo.

—Ojalá hubieras existido antes —concluyó.

—Ese ha sido mi sueño desde hace muchos años. Haber estado ahí. Haberte salvado… de la muerte.

Me abrazó y tuve una sensación de felicidad muy difícil de describir. Muy fuerte. Nos recostamos juntos sobre los almohadones. Entonces bajó los labios hasta mi cuello y susurró los versos de la canción. Cerré los párpados y me dejé llevar por la sensación de placer. El aire que exhalaba me recorría por dentro, igual que los latidos de mi corazón lo recorrían a él.

Nos quedamos así, abrazados, durante no sé cuánto tiempo.

Y entonces, en algún momento, me dormí.

For you, I was a flame.
Love is a losing game.

Por ti, fui una llama de fuego.
El amor es un juego perdido.

14

El despertar

Me desperté sola en la cama. Danard no estaba.

Me incorporé. ¿Había sido un sueño? Imposible.

Me encontraba en la misma cama negra. La luz entraba tamizada a través del velo oscuro del dosel. Lo descorrí y puse los pies en el suelo.

Era muy temprano, seguía padeciendo los efectos del jet lag. Acababa de amanecer. El sol dejaba caer sus primeros rayos por el suelo de la habitación a través de los grandes ventanales.

Me estiré el vestido.

—¿Danard? ¿Estás por aquí? —pregunté mirando a mi alrededor. El dormitorio era muy agradable con esa luz anaranjada de la mañana. Un momento… ¡La luz! ¡Era luz de verdad!

Y mi cuerpo… ¡había vuelto a ser real! ¡Era mi cuerpo de siempre! Me palpé los brazos, la cintura, el pelo… Volví corriendo hacia la cama y sacudí las cortinas, que llenaron el aire de partículas de polvo brillante.

—¡Danard! —exclamé—. ¡Puedo mover cosas! ¡He vuelto a tener cuerpo! ¿Me oyes? ¿Estás ahí? ¿Puedes hacerme una señal?

No hubo ningún ruido. Reflexioné un momento.

—Si estás ahí, por favor, haz que se mueva otra vez el velo de la cama.

Lo observé con atención durante unos segundos.

No ocurrió nada.

Unos segundos más.

Tampoco.

—No estás —murmuré para mí.

Fui a una de las ventanas y la abrí. Había llovido durante la noche. Abajo todo estaba más o menos igual que la noche anterior. La tienda de campaña montada, el maletero de la furgoneta abierto... Ahora las bolsas de comida y bebida estaban tiradas por el suelo. Jackie y Liam debían de seguir dentro del Jaguar, porque no se los veía por ninguna parte.

Salí de la habitación y bajé a toda prisa las escaleras. Abrí la puerta de la casa, que había quedado entornada, y noté el frescor húmedo del bosque.

Me acerqué al coche. Jackie estaba dormida con la boca abierta y la frente apoyada en la ventanilla. Liam, en el asiento del copiloto, había estirado las piernas sobre ella. Sus zapatillas deportivas llegaban hasta el cristal del conductor. Formaban una pareja muy graciosa.

Llamé con los dedos a la ventanilla de Jackie, salpicada de gotas de lluvia. Jackie se rascó la cabeza y cambió de postura. Volví a llamar. Entonces abrió los ojos y me vio por fin.

—¡Alba! —Oí que decía—. ¡Dios mío, Alba! —repitió.

Intentó abrir la puerta, pero se dio cuenta de estaba cerrada con seguro. Le dio al botón para desbloquearla y salió del coche.

Me abrazó con fuerza.

Después se echó a llorar.

—Lo siento muchísimo, Jackie —murmuré con la cara hundida en su pelo. Olía muy bien.

—No sabes lo mal que lo he pasado —dijo separándose finalmente de mí para enjugarse las lágrimas—. ¿Dónde estabas? ¿Qué te ha pasado?

Me quedé un momento pensando si debía contarle la verdad o callarme.

No. No podía ocultárselo a Jackie. Además, necesitaba su ayuda, su complicidad, para lo que tenía pensado hacer. Pero ¿contárselo a Liam? Eso no lo tenía claro. Aunque me caía tan bien... Justo en ese momento, estaba saliendo del coche y me saludaba tímidamente con la mano.

—Hola. Soy Liam —se presentó.

—Encantada —respondí—. Siento mucho todo lo que ha pasado.

—Dime —insistió Jackie—. ¿Dónde te habías metido?

Necesitaba ganar tiempo antes de responder. Además, allí fuera no estábamos seguros.

—¿Podemos pasar dentro y os lo cuento?

—¡No! —exclamó Jackie—. ¡Yo ahí no entro ni loca!

—Créeme, Jackie, estamos mejor dentro que fuera. Ahora te explicaré.

—No me puedo creer nada de lo que estás diciendo —repuso Jackie caminando nerviosa de un lado a otro del salón—. ¿Eras una luz roja? ¿Te has pasado la noche hablando con fantasmas?

—Entonces ¿qué explicación le encuentras? ¿Crees que he estado escondida debajo de una mesa durante horas, solo para asustarte? ¡Tú misma sabes que lo que le pasó a tu coche no era natural!

—Tiene razón —comentó Liam—. Alba no nos está mintiendo, Jackie. Aquí pasan cosas. Y ella ha sido testigo de lo que nos ocurrió anoche. De hecho, ha visto más que nosotros. Nos ha contado la razón de que el oso se enfureciera contra nosotros, por qué se abrió la puerta de tu coche, cómo era el fantasma que lo sacudía...

¡Nos lo ha descrito con pelos y señales! Ahora todo tiene más sentido.

—¡Basta! ¡No quiero ni recordarlo! —gritó Jackie medio histérica.

—Jackie, tranquila. Aquí estamos seguros —le dije acercándome a ella y acariciándole el brazo.

—Pues no lo siento así. Me quiero ir ya a casa —susurró.

—Sí, nos vamos —le aseguré—. Pero me gustaría regresar pronto. He pensado regalarle a Danard una guitarra. Su hermano se llevó a Blaze y las demás que tenía. Hace años que no puede tocar.

—Yo tengo una guitarra —intervino Liam—. De cuando era adolescente. No es muy buena, pero, si Danard no tiene ninguna… —dijo mirando a su alrededor, como si se dirigiera a él—, ¡menos da una piedra! Sería un honor para mí que la aceptara.

—¡Pues yo aquí no vuelvo ni loca! —exclamó Jackie fulminándolo con los ojos—. Así que, si le quieres regalar una guitarra, se la traes tú mismo.

Miré a Liam. Para poder llegar a Gap in the Map dependía totalmente de que él o Jackie me llevaran. Al parecer, él era mi única esperanza.

—Claro que sí —dijo Liam—. Yo le regalo mi guitarra. La tengo en mi apartamento. Alba, si quieres, la cogemos y te acerco de vuelta. Cuando tú digas.

Jackie no parecía contenta con el giro que estaban dando los acontecimientos.

—¿Ah, sí? ¿Ahora me vais a dejar fuera de esto?

—Pero, Jackie, si acabas de decir que tú aquí no vuel…

—¡Ya sé lo que he dicho! —me interrumpió—. Pero es que ya no sé lo que digo ni lo que hago. ¿No lo ves?

Liam puso los ojos en blanco.

—Eres insoportable —murmuró en voz baja.

—Jackie, no te preocupes —dije intentando tranquilizarla—. Has pasado una noche horrible y necesitas descansar. Nos vamos ya y luego vemos cómo lo hacemos, ¿vale? Con o sin ti. Lo que tú quieras.

Me recogí el pelo en una coleta. Ese pequeño gesto siempre me ha ayudado a coger fuerzas.

—Pero, si tú no vienes —añadí—, nos dejarías las llaves de Gap in the Map, ¿verdad? Vamos a tu casa, descansamos un rato y volvemos.

—No —repuso Jackie.

Abrí los ojos, sorprendida. ¿No me iba a dejar volver?

—¿Por qué? —repliqué.

—Hemos quedado para cenar con mis padres. A las cinco y media.

—Ah, es verdad —dije intentando ocultar el fastidio—. Bueno, pues ¿después de la cena? —le pregunté a Liam directamente.

Él asintió.

—Venga. Vámonos —dijo Jackie, con prisa. Añadió mirándome—: Conduces tú.

—¡Y que lo digas! —murmuré asintiendo.

Los tres nos dirigimos hacia la puerta. Jackie y Liam salieron delante de mí.

Me quedé parada un segundo.

«¿Dejo la puerta abierta?», me pregunté. Entonces noté una suave brisa en la nuca. Me electrizó toda la piel.

—Danard —murmuré en voz baja dándome la vuelta—. ¿Estás aquí?

Intenté escuchar algo. Agucé los sentidos para percibir su presencia.

Pero no. No sentí nada más.

Después de haber pasado la noche juntos, me marché sin saber nada de él.

Come as you are, as you were,
As I want you to be.
As a friend, as a trend,
As an old enemy.

Ven tal y como eres, como eras,
como quiero que seas,
como una amiga, como una moda,
como una vieja enemiga.

KURT COBAIN

15

La extraña pareja

6 de junio, 1991

Sue ha montado otro numerito delante de los periodistas. Creo que está perdiendo definitivamente la cabeza.

Después de cenar, A. y M. se quedaron a tomar un whisky, y no paró de decir incoherencias y de lanzar comentarios extraños hacia todos. «Cinco. Cinco. Cinco», repetía una y otra vez.

Llegó a desesperar tanto a M. que esta me quitó el vaso de la mano y se lo tiró a la cara, con los hielos y todo. Debió de doler.

Sue la llamó «perra».

M. le dijo que la perra era ella. «Perra que se lamía las heridas en la plaza pública».

Después salió corriendo de casa, y A. se fue detrás de ella. A veces me imagino a A. como un zorro.

Ya no sé qué pensar. Ni qué piensa, qué sabe cada uno.

Siempre me habían gustado los zorros. Las zorras. Las perras.

Pero estos días no quiero estar con animales. Bestias de distintos pelajes. Me afectan demasiado.

Si hay que lamerse las heridas, prefiero hacerlo en soledad.

Nunca antes había cuestionado a Andrew y Marianne, la verdad.

Eran los padres de mi mejor amiga y punto. Parecía que sabían lo que hacían. Tenían dinero de sobra y se habían pasado la vida rodeados de gente apasionante. Cada vez que venían desde Los Ángeles a Connecticut para visitar a Jackie en Miss Porter's, me solían invitar también a mí a comer o a cenar, y yo aprovechaba para que me contaran anécdotas de grupos famosos. Eran ratos memorables.

Pero, desde que leí el diario de Danard Wilder, otras facetas menos favorecedoras se habían ido superponiendo en las caras que yo conocía.

Ahora que iba a volver a verlos como una adulta, estaba nerviosa. Tenía más experiencia de la vida. Y también información sobre su pasado que probablemente ellos no imaginaran que tuviera. ¿Cuánta gente había leído el diario de Danard? ¿Cuántos se habían molestado en saber que A. y M. eran Andrew y Marianne Brooks? ¿A cuántos les importaba?

Después de leer un reportaje que encontré en internet sobre la muerte de Danard, me duché. Intenté concienciarme de que yo no era quién para juzgar a los padres de mi amiga. Solo habían tenido gestos de bondad y simpatía conmigo.

Pero, junto al hermano de Danard (que lo heredó todo), Andrew y Marianne fueron de los primeros sospechosos a los que interrogaron.

Habían cenado con ellos justo la noche de la sobredosis fatal de Danard y de la defenestración de Sue. Andrew, Marianne, Miguel (el batería de la banda, de origen mexicano) y aquel dichoso Thiago Oliveira, que parecía seguir en sus vidas desde entonces. Pero todos los invitados a la cena contaban con testigos que los vieron regresar a sus casas antes incluso de la hora de las muertes. Además, no tenían ningún motivo para acabar con ellos. De hecho, hubiera sido como matar a la gallina de los huevos de oro. Especialmente para los Brooks. Danard era una de las figuras más prometedoras que tenían entonces en la productora.

En conclusión, Andrew, Marianne, Thiago y Miguel fueron considerados inocentes. Pero el caso siguió abierto. La idea de una sobredosis accidental convencía poco al estrecho círculo de sus amistades y todos coincidían en que, aunque Danard y Sue estaban pasando una mala racha, el suicidio no estaba en absoluto entre sus planes.

Me sequé el pelo y descansé un rato en mi habitación. Me sentí un poco mal por no salir a hablar con Jackie, pero, conforme pasaba el tiempo, vi que ella tampoco venía a estar conmigo. Comprendí que mi amiga también necesitaba su espacio. Teníamos mucho que procesar las dos.

Un poco antes de las cinco nos encontramos en la planta baja, ya arregladas para salir.

—¿Qué tal, Jackie? ¿Cómo estás? ¿Has descansado?

—Sí. Estoy mejor. Pero no sé todavía si quiero volver a Gap in the Map.

—No te preocupes. No tienes que decidirlo ahora.

—Me da miedo ese sitio. Y empiezo a no soportar a Liam —confesó.

—Ya me he dado cuenta. Creo que él siente lo mismo por ti —añadí con picardía.

—Si te gusta, quédatelo tú. Te lo regalo. Con lazo y todo.

Abrí los ojos de golpe.

—Uf. No podría pensar en Liam ni aunque quisiera —repuse. Proseguí, en un tono más íntimo—: Ahora mismo no tengo en la cabeza nada que no sea Danard Wilder. ¿Te das cuenta de que se está cumpliendo el sueño de mi vida? ¡He podido hablar con él!

Y…, de alguna manera, siento que a Danard le gusta estar conmigo. Jackie —dije mirándola a los ojos con emoción—, ¡hay algo entre los dos! ¡Hemos pasado la noche juntos!

Jackie sonrió de oreja a oreja.

—¡No me habías contado nada de esto! ¿Por qué no me lo dijiste antes?

—¿Delante de Liam? ¿En el salón de Danard?

—Bueno, en el coche de vuelta, que ya estábamos solas.

—¡Si no me dejabas hueco! ¡No paraste de hablar en hora y cuarto!

Jackie me miró con curiosidad.

—Tienes razón. De todas formas, tendría que haberme dado cuenta. ¡Has pasado la noche con Danard! ¡Con tu Danard! ¡Ven aquí! —exclamó dándome otro abrazo—. ¿Se puede uno tirar a un fantasma?

—Ay, Jackie, cómo eres…

—¡Qué! ¡Soy sincera! Siempre le he puesto palabras a tus pensamientos.

Me puse colorada.

—Eres un poco burra.

—Soy franca —replicó.

—Simple —contrataqué.

—Clarividente.

—Vulgar.

—Sincera.

—Salida.

—Lúcida.

—Bueno, ya —corté por fin el juego—. En realidad, no ha pasado nada. Más allá de una canción y un abrazo. —Intenté salir del atolladero—: ¿Nos vamos a ver a tus padres?

—Sí. Lo bueno de liarte con un fantasma es que vas a ahorrar en preservativos.

Puse los ojos en blanco.

—Descuida, que esta noche te llevo a su casa —dijo abriendo la puerta principal—. Puedes contar conmigo para volver a verlo.

—Gracias. —La miré agradecida.

Entramos en el Jaguar y nos dirigimos a Apricots, el restaurante donde habíamos quedado.

Jackie y yo llegamos primero. Sus padres habían reservado una mesa en la terraza delante del río. Los árboles de la orilla eran inmensos. Diferentes tonos de verde se mecían en la brisa. Sobre una roca, una garza contemplaba el sol de la tarde. Su tranquilidad contrastaba con la fuerza del río a su alrededor.

—¡Qué belleza! —exclamé.

—Sí, ¿verdad? —dijo Jackie distraída mientras se ponía las gafas de sol y hojeaba el menú—. Tengo hambre. Pero no quiero comer mucho, porque esta noche se me puede cortar la digestión entre fantasma y fantasma.

Solté una carcajada.

—Me encantan tus chorradas.

—¡Es cierto! ¿O me vas a decir que no? Bueno, come tú por mí todo lo que quieras. Yo me voy a pedir una ensalada césar.

—Desde luego que comeré —comenté—. Una cena en Apricots no es cualquier cosa.

Me levanté al ver que llegaban Andrew y Marianne. Ella seguía siendo la señora elegante y bella que yo recordaba. En cambio, Andrew había envejecido un poco y engordado bastante. Su nariz y sus mejillas tenían ahora un aspecto rojizo, llenas de pequeños capilares.

—Señor y señora Brooks —dije dándoles un abrazo.

—Oh, cariño… ¡Cómo has crecido! —exclamó ella—. ¡Te has hecho mayor! ¡Estás guapísima! Llámame Marianne, por favor. Ya eres toda una mujer.

Andrew apoyó las manos en mis hombros y me miró a los ojos con afecto.

—Qué alegría me da que sigáis manteniendo esta amistad a lo largo de los años —comentó—. Eres una de las mejores cosas que le han pasado a nuestra Jackie.

—¡No es una cosa, papá!

—A ver si la ayudas a sentar la cabeza —continuó diciéndome él.

—Pues no sé si soy la persona más adecuada para ayudarla —repuse—. Acabo de dejar el trabajo.

—¿En serio? ¿El de…? —Se paró a pensar unos instantes—. Eras editora, ¿no?

—Ajá —asentí—. Me estaba matando a trabajar en la oficina. Me han salido hasta sarpullidos del estrés —dije enseñándoles la parte interior del brazo, donde se veía una mancha rosada—. Voy a intentar escribir mis propios libros.

—Pues vas a pasar un hambre… —intervino Marianne—. Menos mal que hemos quedado en Apricots. ¡Por lo menos esta noche cenarás bien!

—A ver si vas a resultar un mal ejemplo para Jackie después de todo —comentó él con sorna.

—Bah —intervino Jackie—. Nada de lo que haga Alba puede ser peor que lo que ya he hecho yo. Para empezar, me voy a pedir un cóctel…

Su madre la interrumpió rápidamente.

—¿Has venido conduciendo?

—… sin alcohol. ¡No me has dejado terminar, mamá! —protestó Jackie poniendo los ojos en blanco—. De todas formas, ¡o das ejemplo o no deberías hablar! Lo que me recuerda: llevas las pastillas encima, ¿verdad? Dame unas cuantas, que no me quedan.

Marianne abrió el bolso y le dio el bote entero.

—Quédatelas todas, tengo más en casa.

Jackie lo cogió sin dudar y se tomó una de inmediato.

Me di cuenta enseguida de que la relación que tenía con sus padres seguía siendo la misma de hacía doce años. La misma forma de provocarlos. La misma manera de discutir. Pero, en el fondo, se lo concedían todo. No habían cambiado nada.

Su vida ahora, en el distinguido pueblo de Avon, era mucho más tranquila que la que habían tenido en Los Ángeles durante los años dorados de la productora. Aun así, Andrew todavía llevaba algunos grandes nombres de la música e iba con frecuencia a reuniones en Nueva York y en la costa Oeste.

Marianne, por el contrario, se había desvinculado bastante del mundo de él y estaba volcada de lleno en la arquitectura y el diseño de alto standing. Recordé lo que había comentado Jackie sobre Thiago Oliveira y los celos.

La cena transcurrió tranquila, sin muchos altibajos, mientras nos poníamos al día y tanto Andrew como Marianne bebían una copa tras otra. Si no se tomaron seis entre los dos, no se tomaron ninguna.

Cuando ya estábamos en los postres, Andrew nos preguntó qué tal la visita a Gap in the Map.

Jackie y yo nos miramos. No nos habíamos puesto de acuerdo, pero ninguna de las dos pensábamos sacar el tema.

Jackie mintió sin pestañear.

—Todavía no hemos ido.

The world changes, we do not,
therein lies the irony that kills us.

El mundo cambia, nosotros no;
ahí reside la ironía que nos mata.

ANNE RICE

16

Un soplo del pasado

—Ah, pensaba que ibais esta mañana —comentó Andrew sin darle importancia.

—Al final cambiamos de idea. Nos hemos levantado muy tarde —siguió mintiendo mi amiga—. Creo que nos pasaremos por allí después de cenar.

—Se os hará de noche —repuso Marianne con inquietud—. Creo que es mejor que lo dejéis ya para mañana.

—No te preocupes, mamá. Sé cuidar de mí misma.

—También sabía cuidar de sí mismo aquel hombre que desapareció en la casa —repuso.

—Marianne, eres una exagerada. El chico no estaba bien de la cabeza. Al parecer se había obsesionado tanto con Danard que… —Andrew se llevó el dedo índice a la sien para indicar que estaba loco.

—Bueno, sea como sea, cariño, prefiero que no vayáis de noche.

—Ya veremos —concluyó Jackie mirando hacia otro lado y le dio un trago a su *virgin mojito*. Mojito sin alcohol.

Me parecía increíble que tratara a sus padres con tanta displicencia. Después de todo, la casa la habían comprado ellos. Le podían pedir las llaves en cualquier momento.

Pero no lo hicieron, por supuesto. El remordimiento que sentían por haberle dedicado poco tiempo durante su infancia seguía validando todos los caprichos de Jackie. Todos sus desplantes.

Intenté cambiar de tema. En nuestras cenas juntos, siempre les había pedido que me contaran anécdotas de Danard, pero nunca de Sue. Sentía curiosidad por lo que me iban a decir.

—Vosotros conocisteis también a su novia, ¿verdad?

Marianne hizo un gesto de desagrado sin disimular.

—Era gentuza —dijo—. Una auténtica zorra.

—No se habla mal de los muertos, Mary.

—Me da igual. Hay muertos que dejan buenos recuerdos. De ellos no se puede hablar mal. De esta muerta sí.

Me di cuenta de que hablaba ya desde la desinhibición propia del alcohol. Posó la mirada en mí un momento y suavizó la amargura de la expresión.

—Perdona, cielo. Ya eres mayor para saberlo. No era trigo limpio. Era mala —dijo poniendo énfasis en la palabra.

—No era mala, Mary. Solo es que estaba… —Andrew iba a levantar el dedo otra vez cuando su mujer lo interrumpió.

—¿Otra que estaba loca? Para ti todos están locos, ¿no? Qué fácil resuelves las cosas. Así nadie tiene culpa de nada… Pues no. Hay maldad en el mundo. Hay culpa. Y cada uno carga con la suya. Que lo sepas. No se la quites a los demás. No le quites a esa zorra la culpa que tuvo en todo. Porque la tuvo, y es bien grande.

Yo no cabía en mí de asombro. Nunca había visto a aquella pareja, tan sofisticada, tan segura, tan adulta, perder los papeles. Mi vista pasaba de uno a otro mientras continuaban atacando y defendiendo a aquel personaje.

De alguna manera, yo también tenía sentimientos ambivalentes hacia Sue. Por un lado, lo que había leído de ella como la responsable del desequilibrio y la perdición de Danard; por otro, el gesto protector que había tenido hacia nosotros.

—No he vuelto a ese lugar —confesó Marianne de pronto clavando la mirada en su marido—. Ni quiero hacerlo. Es una casa maldita. Me parece un error haberla comprado, Andrew. Te lo digo tal y como lo siento.

—Ya sé lo que sientes —dijo Andrew—. Lo sé de sobra. Pero es una inversión, Marianne. Es asunto mío.

—Tus asuntos me afectan —repuso ella—. Y este me va a afectar demasiado.

Para ellos, Jackie y yo habíamos desaparecido de la escena. Me sentí como si espiara una conversación privada por el ojo de una cerradura. Una cerradura grande como una mesa.

—Voy a hacer la casa museo que me he propuesto —concluyó Andrew—. Y tú la vas a rediseñar. Si quieres —suavizó—. Piénsatelo. No estoy hablando de tonterías, Mary, la obra va a suponer mucho dinero. Y los beneficios, millones. Danard sigue estando muy vivo.

Carraspeé sin querer al oír esto.

—Alba va a pensar que sois vulgares —intervino Jackie—. En España no se habla de dinero como aquí. ¿Podéis controlaros un poco?

Andrew y Marianne parecieron salir de su mutuo ensimismamiento.

—Perdonad, chicas —dijo Andrew—. Quizá sea mejor que pidamos ya la cuenta.

—Creo que sí —asintió Marianne—. Siento que hayáis tenido que aguantar esto. —Pareció reflexionar unos segundos y comentó—: Cuando estéis dentro, ya se lo he dicho a Jackie, no podéis tocar nada. Dejadlo todo como está.

—Sí —insistió Andrew—. Es importante, porque los objetos que hay en el interior pertenecen a Peter, el hermano de Danard. La verdad, me parece una temeridad. No sé cómo no ha habido robos, porque tener cosas del valor de las que hay ahí, prácticamente sin medidas de seguridad, es tentar al diablo… —Continuó mirando a su mujer—: Haremos fotos para la catalogación de lo que nos ceda. Hay que ver qué va en las vitrinas, cómo replantear temáticamente los diferentes espacios… Mary, he hecho copias de las llaves para que puedas entrar cuando quieras. Están en la cómoda del dormitorio.

Ella bajó la cabeza, con pesar. Se notaba que no tenía tantas ganas como él de meterse en esa aventura. De hecho, no tenía ninguna.

Entonces Jackie soltó un suspiro de aburrimiento y se levantó de la mesa.

—Descuidad, que os dejaremos al muerto tal y como está para que lo descuarticen los buitres. Nos podemos ir mientras pagáis, ¿verdad? —dijo mientras se alejaba sin esperar respuesta.

Me levanté, completamente avergonzada por las palabras de mi amiga, y les di un abrazo de despedida a sus padres.

—Muchísimas gracias por la cena. Estaba todo buenísimo.

—Me alegro de que te haya gustado —respondió Andrew haciendo un gesto para llamar al camarero. Bromeó con su tono campechano de siempre—. ¡Come todo lo que puedas estos días en Estados Unidos, Alba! Si vas a dedicarte a la escritura, ¡lo vas a necesitar!

—¡Tía, cómo te has pasado con ellos! —le comenté mientras cogíamos por fin la carretera hacia la ciudad de Hartford—. Me he sentido fatal. ¡Prácticamente les has llamado buitres!

—Bah, ya ves que todo lo que digo les da igual. Les entra por un oído y les sale por otro.

—Ya, pero en beneficio tuyo. Los insultas en plena cara y te lo toleran. En mi familia hablar de esa manera sería inconcebible.

En realidad, lo que había entre mis padres y yo era una base firme de amor y respeto. No era solo cuestión de forma.

Se encogió de hombros.

—Cada maestrillo tiene su librillo…

Pasamos a recoger a Liam. Aparcamos un momento debajo del bloque de apartamentos donde vivía, cerca de una gasolinera, y Jackie le hizo una llamada perdida para que bajara.

Mientras esperábamos, aproveché para preguntarle sobre él.

—¿Cómo lo conociste? Claramente no pertenece a tu… mundo.

—Hicimos buenas migas en el festival de jazz de Litchfield.

—¿Le gusta el jazz? No le pega.

—La verdad es que no sé si le gusta o no. Estaba trabajando allí. De tramoyista. Ya sabes, montando los escenarios…

—Me cae bien —dije—. Parece todoterreno.

—Sí —confesó Jackie a su pesar—. Lo mismo te arregla un grifo roto que el ordenador. Y tiene la receta para estar siempre a gusto en el mundo. No sé cómo lo hace. Pero reconozco que me empieza a sacar de quicio.

Nos callamos cuando lo vimos salir del portal.

Sonreí al verlo. Llevaba la guitarra en una funda de lona cargada a la espalda. Me alegré de que pudiéramos regalarle ese instrumento a Danard. Danard Wilder, ganador de dos premios Grammy con menos de veinticinco años. Aunque solo fuera por eso, había merecido la pena viajar desde España.

Liam metió la guitarra en el maletero y se sentó detrás. Esta vez yo iba de copiloto.

El trayecto en Jaguar estuvo salpicado de comentarios mordaces de Jackie hacia Liam. ¿Era yo la única persona a la que trataba con consideración?

Pero tampoco tuvo mucha deferencia conmigo, la verdad, porque enseguida le dejó caer a Liam que entre Danard y yo había algo.

—¿Y Sue? —preguntó Liam sorprendido.

Puse los ojos en blanco. No iba a tener más remedio que dar explicaciones.

—Ya no están juntos —le conté—. No se hablan desde hace años.

—Yo no habría dejado escapar a alguien como ella… —comentó.

—Quizá por eso tuvo que escapar por la ventana —intervino Jackie—. Yo habría hecho lo mismo para huir de ti.

—¡Jackie! —protesté—. ¡No bromees con eso! —Volví la cabeza hacia Liam y continué—: La pareja no estaba nada bien, tampoco en vida. Tenían una relación bastante tóxica.

—¿Crees que la veremos? —preguntó.

—A lo mejor.

Liam se encogió de hombros como si no fuera asunto suyo y sacó de la mochila algo envuelto en papel de aluminio.

—¿Os importa que coma? Justo cuando iba a prepararme algo para cenar llegó Olek. Lo acaba de dejar con su novia y está hecho polvo. —Me aclaró—: Olek es mi compañero de piso. Es ucraniano. —Paró un momento de hablar. Tomó aire y prosiguió—: Tengo un hambre que me muero. Me he comprado un bocata en el *deli* de abajo antes de que llegarais.

—Vale, pero no se te ocurra mancharme la tapicería. No será uno de esos bocadillos con salsas que huelen fatal, ¿verdad?

—Es de albóndigas con tomate y queso.

—¡Eso pringa mucho!

—¿De albóndigas? —pregunté con interés—. ¿Es normal tomar bocadillos de albóndigas en Estados Unidos?

Liam asintió con la cabeza mientras le daba un buen mordisco a su enorme bocadillo.

Inmediatamente, una albóndiga salió disparada por la parte de abajo y manchó el suelo. Liam la recogió, disimulando, y me miró de reojo mientras frotaba la mancha con el pie. Intenté reprimir la risa.

—¡Qué pestazo! —protestó Jackie abriendo la ventanilla.

—¿Puedo probar? —le pregunté a Liam.

—«¿Tú también, Bruto, hijo mío?» —me dijo mi amiga clavándome la mirada.

—Perdona, es que huele que alimenta… —Le di un bocado—. Hum… Está buenísimo.

Después me coloqué la rebeca como cojín para el cuello y me acomodé contra la ventanilla. Necesitaba desconectar un poco de ellos dos. Además, en España debía de ser más de la una de la madrugada.

—Si no os importa, me voy a echar la siesta. Ya sabéis, en mi país es fundamental… Yo, sin siesta, me desintegro —bromeé.

A pesar de la conversación de fondo, que era incesante, conseguí dormir a ratos. Quince minutos antes de llegar, abrí los ojos y me puse a charlar con ellos en la última parte del trayecto, llena de curvas.

Paramos el coche delante de la verja de Gap in the Map sobre las ocho y media. Abrimos y cerramos la cancela «con pisada leve», o sea, lo más rápido que pudimos para estar fuera del automóvil el menor tiempo posible, y continuamos avanzando por el largo trecho de tierra que atravesaba el bosque de la propiedad hasta llegar a la casa.

Las ruedas del coche hacían saltar la gravilla a su paso.

Jackie aparcó y salimos del Jaguar. Los tres miramos a nuestro alrededor con inquietud. La tienda seguía allí, pero los restos de comida estaban esparcidos por el lugar. Envases y trozos de cartón, prácticamente. El oso y otros animales habían dado buena cuenta de las salchichas y el maíz.

—Por aquí debió de caer el cuerpo de Sue, ¿no? —comentó Liam.

Busqué la torre blanca con la vista.

—Sí, más hacia allá, supongo —respondí conmovida señalando el lugar que quedaba justo debajo.

—¿Está con nosotros el fantasma loco de anoche? —intervino Jackie en voz baja.

—No lo sé. Podía verlo cuando yo misma era una especie de espíritu. Ahora no creo que lo vea ni teniéndolo delante.

Sentí un estremecimiento. Ser de carne y hueso era una debilidad en esta situación.

La puerta estaba entornada, tal y como la dejé. Al final había decidido no cerrarla por si los padres de Jackie le pedían que les devolviera las llaves. Así podría volver a entrar en secreto atravesando la reja por la parte rota.

—Venga —dije—. Estaremos más seguros dentro.

Pasamos al vestíbulo y cerré la puerta tras de mí. La casa estaba en silencio. La luz del atardecer caía sobre el suelo de ajedrez.

—¡Hola, Danard! ¡He vuelto! —exclamé en voz bien alta esperando que me oyera—. He vuelto con Jackie y su amigo Liam. Me gustaría presentártelos.

—¿Cómo hiciste para poder verlo y que te hablara? —susurró Liam.

—Vamos al invernadero —respondí—. Fue delante del espejo.

Atravesamos el salón y llegamos al recinto de cristal. Los rayos del sol, tamizados por las enredaderas del exterior, le daban un aspecto anaranjado y verde a la atmósfera. Mágico, como de cuento de hadas.

Me sentí en armonía con el lugar. Me había puesto un vestido largo y vaporoso que rozaba los azulejos del suelo al andar con sandalias.

—Qué pasada —exclamó Liam sacando su móvil para tomar una foto del invernadero.

—No la cuelgues en redes, ¿vale? —le advirtió Jackie—. No quiero problemas con mis padres.

Los llevé hacia el rincón donde estaban las plantas y señalé el espejo circular desde la distancia.

—Fue delante de ese espejo. Vi el reflejo de Danard detrás de mí, mirándome.

—¿Qué pasó entonces? —inquirió Liam.

—Le hablé, y me encontré de golpe en esa extraña dimensión blanquecina.

—¿Te dolió? —me preguntó Jackie.

—No —contesté riéndome—. No me dolió nada. Pero luego, cuando intenté regresar al mundo real haciendo lo mismo, no funcionó. Así que no estoy segura de si ese fue el truco, el detonante para entrar en esa dimensión.

—¿Cómo regresaste al final?

—Tampoco lo sé. Al despertar, todo había vuelto a la normalidad.

Liam asintió sopesando los riesgos.

—No me da miedo. Quiero probar —dijo—. Me encantaría poder hablar con él. Con ellos. Sería un sueño.

—Fenomenal. ¿Y tú, Jackie?

Vi claramente que mi amiga estaba dividida. Pero, conociéndola, no se iba a perder una experiencia extrema como esa, y menos si contaba con nuestra compañía.

—¡Vamos! —dijo—. De algo hay que morir, ¿no?

Empieza el llanto
de la guitarra.
Se rompen las copas
de la madrugada.

FEDERICO GARCÍA LORCA

17

La guitarra

—La idea no es morir… —murmuró Liam poniendo los ojos en blanco.

—Venga, dejadlo ya —les pedí—. Vamos a intentar ser un equipo para que esto salga bien, ¿de acuerdo? Comprobemos si funciona lo de comunicarnos con él a través del espejo. Si veis a Danard, habladle. —Me mordí el labio y murmuré—: Ojalá aparezca.

Jackie y Liam asintieron mirando a su alrededor, como si buscaran su presencia.

—Danard —dije en voz alta—, te hemos traído una guitarra. Es de Liam.

—Espero que te guste —murmuró este mientras se la descolgaba de la espalda—. Ya sé que no es tu Blaze, y tampoco es de la mejor calidad, hay que reconocerlo. Pero… es lo que hay —concluyó con un suspiro.

Le puse la mano en el hombro, con gratitud.

—Voy a afinarla —dijo sacándola de la funda, y se sentó con ella en un taburete.

Mientras empezaba a tocar las cuerdas y a manipular las clavijas, me acerqué al espejo.

Contemplé mi rostro rodeado por las hojas de las plantas. Me dio la impresión de que mi cara había cambiado. Con aquel marco vegetal, aquella luz centelleante y el pelo negro suelto parecía un personaje sacado de otro mundo, de alguna mitología antigua.

Entonces vi el reflejo de Danard a mi espalda. El corazón se me aceleró.

Esperaba que funcionara. Recordé las letras de la canción que dijimos juntos.

—«Rompe el cristal, cristal que nos separa...» —recité observándolo a través del espejo.

Y, mientras pronunciaba estas palabras, sentí frío, la realidad se volvió mortecina, y mi cuerpo, la misma silueta rojiza y traslúcida de la tarde anterior.

—«Le pido de rodillas a esa máscara tuya» —continuó él como parte del juego.

Me di la vuelta para mirarlo a los ojos.

—Danard —dije sencillamente. El hecho de llamarlo por su nombre, de volver a estar delante de él, ya me sacaba una sonrisa.

—Sunrise —contestó él agachando la cabeza con anticuada cortesía—. Estás... preciosa.

Mi amiga Jackie nos interrumpió.

—¡Ha desaparecido otra vez! —gritó—. ¡Alba ha desaparecido!

Liam se puso en pie.

—Eso es que el método funciona. Dame un minuto más, que termino de afinar la guitarra y vamos nosotros también.

Danard y yo nos alejamos un poco de ellos para poder hablar sin interferencias.

—¿Estabas esta mañana cuando me desperté? —le pregunté—. No pude sentirte.

—No. Bajé al salón a mitad de la noche y después a la cueva. Necesitaba pensar. Pero no sabía que te irías tan pronto —respondió con tono íntimo—. Te vi en el vestíbulo antes de marcharte.

—O sea que aquella brisa que sentí…

—Sí, era yo. Te hablé, pero no podías oírme. Te dormiste entre mis brazos. Al cabo de un rato, volviste a ser… a tener cuerpo, por decirlo de alguna manera. Fue muy extraño. Era como si tu… materia se hubiera convertido en una barrera entre tú y yo. —Prosiguió mirando al suelo—: No estaba seguro de si volverías. Tus amigos estaban tan asustados que…

Di un paso hacia él.

—Sí. Jackie estaba histérica. Pero los dos han vencido su miedo y sus reservas para volver aquí hoy. Les pedí que me trajeran. Tampoco querían perderse la posibilidad de conocerte. Dentro de nada vendrán ellos también a esta dimensión.

—No sé si quiero hacer vida social.

—Oh, por favor… Liam te ha traído su guitarra.

—Me gustaría estar a solas contigo un poco más —repuso él. Tendió la mano hacia mí y repitió unas palabras del tema que me había cantado esa noche—: «Dame tu fuego, hogar de corazones».

Sentí el deseo en sus ojos.

Pero, además, había en ellos una humildad que yo no había visto hasta entonces. Solo en sus primeras fotos. Delante de mí ya no estaba el Danard amargado y jactancioso de nuestro primer encuentro, sino el poeta de aquellas canciones que removían por dentro al hablar de inseguridad, de intemperie, de amor rebelde, de sed interior.

Sentí el impulso de besarlo.

Yo también tenía sed cuando estaba cerca de él. Sed de más.

Levanté la mano y… toqué la suya. Noté pequeñas chispas en los dedos.

Danard cerró los ojos.

—Eres… Uf. Demasiado.

Di otro paso y apoyé la mejilla con suavidad en su camiseta oscura. Danard gimió al sentir mi contacto sobre su pecho. El bombeo de mi corazón volvió a circular por su cuerpo, cuya luz iba cogiendo más definición y volumen. Bajó la cabeza para besarme y, al hacerlo, al sentir sus labios, fue como si su energía se volcara sobre la mía y la mía en la suya. Un río que iba de mí a él y de él a mí a través de los labios, llenos de terminaciones nerviosas, de deseo, de electricidad, de placer… por todo mi cuerpo. Cuerpo que no tenía.

—¡Danard! —escuchamos de pronto—. ¿Estás ahí?

Danard levantó la cabeza y nos separamos el uno del otro.

—Supongo que se acabó la intimidad.

—Tienen muchas ganas de conocerte —los excusé—. Pero siempre podemos pedirles que nos dejen un rato a solas después —añadí acariciándole la mano.

Noté que temblaba. Acercó sus labios a mi oído y susurró:

—Cada vez que me tocas es como tener un orgasmo. Deberías avisarme para que esté preparado —dijo con media sonrisa. Prosiguió en voz más alta—: ¡Ya voy, quien quiera que seas…!

Se puso detrás de Liam, en el espejo, y Liam soltó un taco al verlo.

Inmediatamente, su cuerpo se desdibujó en energía.

—¡Guau! ¡Qué pasada! —exclamó Liam mirándose primero de arriba abajo y después a nosotros, con asombro—: ¡Soy transparente!

—¡Aaaaaah! —gritó Jackie detrás de él—. ¡Has desaparecido tú también! ¡Ay, Dios, ay, Dios, ay, Dios…! ¿Ahora me toca a mí? ¿Estáis seguros de lo que estamos haciendo?

—¿Es necesario traerla a ella? —me preguntó Danard en un aparte—. ¡Es un incordio!

—Pienso lo mismo —comentó Liam.

—Lo siento, pero sí —contesté yo—. Depende de Jackie que yo pueda volver aquí o no. Es quien tiene las llaves de tu casa.

—Entonces no queda más remedio —dijo con resignación—. Vamos allá.

Jackie se había colocado delante del espejo. Tenía los ojos cerrados y la cara de estar chupando un limón. Abrió un párpado con recelo y, al ver el rostro de Danard a su espalda, gritó:

—¡Socorro!

Y pasó de golpe a nuestra dimensión.

—Estoy acostumbrado a que la gente grite de emoción al verme —comentó Danard—. Pero es la primera vez que alguien grita «socorro».

Liam soltó una carcajada.

—Ya estamos todos —dijo Danard—. Bienvenidos a la versión pálida y demacrada de Gap in the Map.

Hice las presentaciones. Jackie estaba sorprendentemente callada, así que Liam aprovechó para hablar y decirle lo mucho que lo admiraba. Acto seguido, le ofreció su guitarra.

Nos acercamos a ella. La había dejado sobre una mesa vacía del invernadero. Liam intentó levantarla, pero fue en vano.

—¡Toma ya! —exclamó entusiasmado—. ¡Igual que en las películas de fantasmas!

Su energía era verde, del tono azulado de los abetos. La de Jackie, en cambio, era rosa palo.

Danard rodeó con lentitud la guitarra, como quien observa un animal desconocido. Con cautela, extendió la mano para tocarla. Intentó hacer sonar una de sus cuerdas, pero no lo consiguió.

Me miró. Nos entendimos con los ojos.

Lo animé asintiendo con la cabeza.

Danard acercó los labios a las cuerdas y sopló con suavidad. Una de ellas, la que estaba más próxima a su boca, comenzó a vibrar.

Sopló más fuerte. El sonido se hizo más evidente, más intenso.

—¡Suena! —gritó Liam—. ¡Nunca se me habría ocurrido tocar así!

—«La necesidad es la madre de la invención» —dijo Danard.

—¿Albert Einstein? —preguntó Jackie con timidez.

—Platón —respondió él.

Danard volvió a centrar la atención en las cuerdas y acercó el rostro hacia el agujero, la boca del instrumento. Tarareó una melodía. Era la canción «Wishing Well» (Pozo de los deseos), escrita para Luna, su primera guitarra. Se llamaba así, Luna, en español. Sue la hizo pedazos contra la pared en una de sus discusiones.

La melodía reverberó en la caja, ampliando su sonoridad. La belleza inesperada de su voz hizo que se me erizara la piel de emoción. Estaba cantando «boca a boca» cada vez con más intensidad. Paulatinamente, Danard comenzó a recitar la letra.

> *Tu cuerpo de madera, mi deseo.*
> *Tus curvas, el peligro de mi voz.*
> *Te despierto.*
> *Te tomo entre mis brazos.*
> *Te toco hasta que gimes*
> *Te toco hasta que gimes*
> *Te toco hasta que gimes*
> *por amor.*

Al llegar al final, un gran estrépito de cristales rotos nos sobresaltó a todos de golpe.

If I feel physically as if the top of my head
were taken off, I know that *is poetry.*

Si tengo la sensación física de que me levantan
la tapa de los sesos, sé que *eso* es poesía.

Emily Dickinson

18

El huésped

Miramos a nuestro alrededor para buscar el origen de aquel estruendo. Un ventanal del invernadero se había roto. Entre los cristales había un tronco atravesado. Un tronco que, claramente, nos habían arrojado a nosotros.

La luz de Danard flaqueó igual que la llama de una vela, y este se llevó una mano al pecho, como si lo hubieran herido. Pero enseguida se recompuso, caminó hacia el alféizar y miró al exterior.

—Qué difícil buscar una sombra entre las sombras —murmuró para sí intentando distinguir algo en los árboles, ya envueltos en la oscuridad.

Entonces su luz se volvió más intensa y volvió a dar otro grito como el de la noche anterior. Una especie de rugido que retumbó por el recinto de cristal y el silencio del bosque. Un grito salvaje como el que pudiera haber dado en el clímax de un concierto, pero que esta vez estaba cargado de advertencia. De amenaza animal. De ira, incluso.

Me estremecí. Jackie me cogió la mano. Más bien fundió su mano con la mía.

—Ha sido el fantasma loco de anoche, seguro —me susurró.

—Creo que sí —dije—. Pero tranquila, a Danard lo respeta.

—A mí no me parece que lanzar troncos contra su casa sea respetarlo —intervino Liam.

Danard se dio la vuelta y comentó:

—No lo veo. Pero sé que está ahí. Nunca antes había hecho algo así.

—Tiene una fuerza descomunal. ¿Ya te había oído cantar o es la primera vez? —le pregunté.

Negó con la cabeza.

—Hace muchos años que no canto. En realidad, hasta anoche —dijo mirándome significativamente.

—Quizá quiera llamar tu atención. O necesite hacerlo. ¿Sabes quién es? ¿Lo conocías? He oído que era un fan tuyo que perdió la cabeza. Quizá podrías intentar hablar con él.

—No lo conozco ni quiero hacerlo. Es un huésped indeseado. Además, ¡la casa ya se está haciendo pedazos sola! Si cree que al romperme el invernadero va a conseguir algo más que mi odio, está muy equivocado. Dañar la casa es atacarme a mí.

En ese momento, oímos una voz que venía desde el umbral del salón.

—Miserable. Canalla. Mezquino. Rastrero. Sigues siendo igual de despreciable que en vida…

Delante de nosotros estaba Sue. Esbelta. Violácea. Bella. Rodeada de gatos. Con su cruz egipcia tatuada en el escote. Toda una aparición.

—¿Es que ya te has olvidado del chico? —continuó.

—No lo conozco, Sue. No sé qué estás diciendo. Pero me alegra que hayas salido de tu madriguera, aunque sea para decirme «halagos» —comentó con media sonrisa—. Te presento a…

—Ya los he visto —repuso, cortante. Aun así, dirigió la mirada hacia nosotros. De pronto detuvo los ojos en Liam. Uno, dos, tres, cuatro segundos…

Este dio un paso adelante y la saludó.

—Hola, Sue. Me llamo Liam. Liam Dunn.

—Hola —respondió ella con tono neutro.

—Te he traído una cosa.

Abrí los ojos sorprendida. ¿Por qué no nos había dicho nada?

Liam señaló una de las mesas, donde parecía haber algo. Sue avanzó por el invernadero y se aproximó a ella. Se notaba que tenía curiosidad.

Era una pluma. Una pequeña pluma marrón de codorniz, suave y esponjosa, con lunares en la parte superior.

—Es para la pesca con mosca —explicó Liam—. Sé que te gustaba coleccionar plumas… Te he traído la más especial, mi favorita.

Un destello iluminó la mirada de Sue.

—Gra… gracias —respondió—. Hace mucho tiempo que no recibo un regalo —comentó fulminando a Danard.

Entonces hizo algo que nos sorprendió a todos.

Se agachó y pasó los dedos por el lomo de uno de sus gatos, como si encendiera una cerilla, y luego acercó la mano a la pluma. Esta se elevó, cargada de electricidad estática, y flotó por el aire siguiendo sus movimientos.

—Guau —susurró Jackie.

—Interesante —dijo Danard con ironía—. A lo mejor puedes trabajar en un circo. ¿Qué más sabes hacer?

—Sé decir la verdad, Danny. Sé decirte todo lo que no quieres oír. Sé que ese chico que acaba de lanzarte un tronco murió por tu culpa. —Sue se iba encendiendo conforme hablaba—. Porque vino con el corazón en la mano ¡y tú se lo hiciste pedazos, como a mí!

La pluma cayó al suelo.

—Pero ¿qué estás diciendo? ¡Si no lo conozco! ¡Estás loca!

—Siempre has usado la palabra «loca» con demasiada facilidad. Todo lo que te sobrepasaba, lo que no podías entender, era «locura». —Sus palabras me recordaron inmediatamente a las de Marianne en Apricots—. Pero ya no me afecta —continuó Sue alzando la cabeza con altivez—. Es más, me enorgullece que me llames así porque significa que tú y yo pertenecemos a mundos distintos. Hablamos lenguajes distintos. Y todo lo que me distingue de ti me gusta.

Danard apartó la mirada de ella, como si sus ojos le quemaran.

—Ese chico consiguió meterse en casa —prosiguió Sue—. ¿No te acuerdas? Tú tenías un mal día. Estabas de un humor de perros y lo asustaste. Y lo humillaste.

—¿Y quieres explicarme cómo lo hice? —repuso él con sequedad—. Hasta anoche no supe que podía mover cosas con la voz. Que me podían escuchar los vivos.

Sue se acercó a él.

—¿De verdad no te acuerdas? Llevábamos un par de años muertos. Entonces sabías aparecerte. Y yo también. Éramos más fuertes.

—No. No lo recuerdo.

Sue inclinó la cabeza hacia un lado.

—Estás diciendo la verdad, ¿no es así? —Danard afirmó con un gesto. Ella clavó la mirada en él, pensativa—. Sí. No mientes… Lo has olvidado. Siempre fuiste muy bueno olvidando todo lo que te convenía… —Hizo una pausa que nos dejó a todos en vilo. Continuó, con nuevas fuerzas—: ¿Te acuerdas de que metiste unos versos de Emily Dickinson en una canción? —Danard asintió—. Bueno, pues este chico, tu fan, vino todo vestido de blanco y te trajo dos lirios de día, como hizo ella una vez al presentarse a alguien que le importaba.

»Pero le dijiste cosas horribles. Fuiste cruel con él. Huyó de ti, atormentado, y bajó las escaleras de la gruta. Se perdió por el laberinto de túneles que hay debajo del bosque. Se dejó morir de hambre, de sed y de tristeza. Y su cuerpo aún sigue ahí.

Me estremecí de horror.

—Qué espanto. Quiero irme de este lugar —murmuró Jackie.

Sue posó sus ojos en ella, como por primera vez.

—¿Marianne?

—No —respondió Jackie, algo reconfortada al escuchar aquel nombre familiar—. Marianne es mi madre.

Entonces fue Sue la que se estremeció. Su energía se erizó, como si fuera un gato. Jackie me miró un segundo. Ambas sabíamos que entre Sue y Marianne no había precisamente cariño.

Sue intentó disimular su desagrado, sin conseguirlo.

—Me tengo que ir —dijo.

Pero, al darse la vuelta, fue cuando nos estremecimos todos: tenía la nuca abierta y hundida. Su melena no podía ocultar los estragos de su caída desde la torre.

Ajena al shock que había provocado, se marchó decidida hacia la puerta. Ya estaba a punto de desaparecer en las tinieblas del salón cuando Liam echó a correr detrás de ella.

—¡Espera, te dejas la pluma!

—¡No la recojas! —le interpeló Danard—. Si una pluma se cae, debes dejarla donde está.

Sue se detuvo.

—¿Lo dice quién? —repuso retadora.

—Creo que no podría recogerla, aunque quisiera —comentó Liam.

Sue regresó.

—Yo sí.

Sacudió con firmeza la falda larga por encima de la pluma, y esta quedó prendida a ella, por electricidad estática. Después le hizo un gesto a Liam y, con la pluma ondeando en el vuelo de su vestido, salieron los dos de allí.

—Parece que tu amigo intenta quitarme la novia —comentó Danard, con aire desenfadado.

—¿La novia? —pregunté levantando la ceja—. Pensaba que lo habíais dejado hace años.

—Así es. Pero él no lo sabe, ¿no?

—Bueno, le dije que ya no estabais juntos…

—Y que había algo entre vosotros dos —intervino Jackie.

—Eso se lo dijiste tú, Jackie —repliqué.

«Para una vez que habla, me deja en evidencia», pensé. La fulminé con la mirada, pero ella no se dio por aludida.

—Sí, se lo dije yo —dijo Jackie—, aunque es verdad, ¿no? Espero que no estés jugando con mi amiga —le advirtió a Danard con tono amenazador.

—Pero ¿qué os pasa a todos esta noche? —protestó Danard levantando los ojos—. ¿Por qué estáis contra mí? ¿Qué he hecho?

—¿Estás jugando o no? No has respondido —insistió Jackie.

—A qué voy a jugar, si no soy nadie. No tengo nada que ofrecerle. Soy… lo que ves —dijo abriendo los brazos con tristeza.

—Pues estás como un tren —dijo Jackie.

—¡Jackie! —exclamé intentando contener la risa.

—Perdona, es que es verdad, ¡está buenísimo! No lo digo solo yo, lo dice medio mundo. Pero no te preocupes, que ya sé que es tuyo.

Me puse completamente roja y Danard soltó una carcajada.

—Me subes la moral. Gracias, Jackie. Es un placer conocerte. Tus padres… eran de mis mejores amigos. ¿Cómo están?

—Bueno… Siguen dando guerra en el mundo de los vivos. —Jackie pareció reflexionar y prosiguió—: No sé si sabes que han comprado esta casa.

—¿Me puedes decir si pretenden mudarse aquí? —le preguntó—. Porque tendrían muchos problemas con Sue. Yo… tampoco sé si podría vivir con ellos. Se apuntaron unos días a nuestra gira por la costa oeste y acabé tirándole a Andy un taburete a la cabeza.

—¡Ja! ¡Fíjate, esa historia no la sabía! Pero no, no quieren vivir aquí. Van a convertir la casa en un museo.

—¿Un museo? ¿De mí?

—No, de historia natural. ¿Tú qué crees? —replicó Jackie poniendo los ojos en blanco.

—Muy graciosa.

—Tu leyenda ha seguido creciendo todos estos años… —intervine.

—Sí. Quieren convertir Gap in the Map en un lugar de peregrinación de tus fans. Aparte, la arquitectura de la mansión atraerá todo tipo de público: jubilados, familias con niños… Quitando el castillo de Gillette, tu *folie* es la construcción más extravagante de Connecticut.

Danard la escuchaba con el ceño fruncido.

—Sigue —le pidió.

—No sé qué más quieres que te cuente… Pondrán muchas cosas tuyas en vitrinas. Bueno, las que tu hermano no quiera vender o subastar. Porque los objetos que hay todavía en la casa le pertenecen. —Añadió—: Ah. Y habrá obras.

—¿Obras?

—Sí. La casa tiene un serio problema de accesibilidad. ¡No hay más que escaleras por todas partes! Para poder convertir esta casa en museo, mi madre va a rediseñar un montón de espacios. Al menos, esa es la idea. Mi padre me ha pedido que colabore con ella. Yo también soy arquitecta. Pero…

—¡Basta! ¡No quiero oír más! —exclamó Danard, fuera de sus casillas—. ¡No puedo permitirlo! ¡No debe haber obras aquí! ¡Me niego!

—Pues… a ver cómo se lo impides. En cuanto quiten el espejo del invernadero no te va a ver ni Dios.

—¡Jackie! —la reprendí otra vez—. ¿Quieres tener un poco más de sensibilidad? ¡Le vais a tirar la casa!

—Pero vamos a respetar la esencia. Lo que tiene de especial. Cambiaremos los suelos y los accesos, pondremos ascensores…

—Me temo que lo mismo acabáis conmigo en el proceso —dijo Danard.

—¿Estás hablando en serio? —le pregunté.

—Sí.

[…] no dejes caer los párpados
pesados como juicios.

Mario Benedetti

19

Hilos entrelazados

—Sé que mi existencia está unida a la de este lugar. No puedo escapar de su perímetro —me explicó Danard—. Con los roedores y enredaderas que corrompen continuamente sus muros y cimientos pierdo energía. Cada vez que una parte de la casa se desmorona, pierdo fuerza. Cada vez que se rompe uno de sus cristales, pierdo vida. —Me miró a los ojos—. Y a Sue le pasa igual. No sé qué sería de nosotros si se pusieran a reventarla con excavadoras y bulldozers.

—A lo mejor esa unión que tienes con la casa es un castigo —dijo Jackie—. Por tu ambición.

Cada vez que mi amiga hablaba me daban ganas de matarla. Danard no se defendió.

—¿Eres católica? —le preguntó. Pero prosiguió sin esperar su respuesta—: No sé, la verdad. No creo en un dios castigador. Aunque, desde luego, vivo condenado a contemplar pasivamente la destrucción de un lugar que, de alguna manera, soy yo. Su destrucción es la mía.

—Quizá haya una lógica en esta dimensión tuya… Cuando estás en contacto con los seres vivos recuperas fuerzas, ¿no? —intervine—. Es como si el vínculo que tienes con la casa te matara, pero el que creas con los seres vivos te diera vida de nuevo. —Seguí pensando en voz alta—: A lo mejor, lo que te destruye es algo que puedes cambiar si lo trabajas interiormente, si te esfuerzas por romper tu relación con la casa.

Danard me escuchaba con atención.

—Puede que estés en lo cierto.

—Bueno, intento entender las cosas.

—Esta casa fue un error —dijo con tono de confesión—. Era demasiado grande para nosotros dos. Ahora es una cárcel inmensa y dolorosa.

—¿No pensaste en invertir tu dinero en causas benéficas? Con lo que te costó esta mansión podrías haber abierto pozos en África, haber impulsado la investigación de vacunas…

—Doné MILLONES de dólares a organizaciones ecologistas y humanitarias. A proteger a las ballenas, la Amazonia, a Cruz Roja… Aun así, tenía dinero para concederme este capricho.

»En aquella época era normal —continuó—. Elvis había tenido su Graceland. Elton John compró una mansión en Windsor. Sting y Trudie tenían su Lake House en Wiltshire… —Danard se quedó callado un momento—. Pero tienes razón. Supongo que las cosas ahora serán distintas. Los cantantes ya no construirán mansiones ni vivirán en islas…

Jackie soltó una risotada. Yo bajé la vista.

—No te creas —dije avergonzada—. La humanidad no ha avanzado mucho en ese sentido…

—Bueno, lo hecho hecho está. Ahora a seguir viviendo.

—Muriendo, más bien —puntualizó Jackie.

—Gracias, querida. Por lo que veo, te pareces a tu madre por fuera y por dentro también.

—¿Es un insulto? —preguntó mi amiga levantando la nariz.

Sinceramente, no sabía si aquel gesto tan sobreactuado era de broma o no. Por si acaso, me metí entre los dos.

—Oye, Jackie. ¿Puedo hablar contigo?

Me la llevé aparte.

—Me gustaría tener un tiempo a solas con Danard.

—Ah, no. Ni hablar. A mí no me abandonas otra vez. Ya hemos perdido a Liam…

—Vale, ¿entonces qué hacemos? Estás creando mal rollo con todo el mundo. No sé qué te pasa. O cambias de actitud o…

—¿O qué? ¿Me vas a dejar con el fantasma loco lanzatroncos?

—No… —dije poniendo los ojos en blanco—. ¡Sabes que nunca haría algo así! Pero prefiero no pasar mi segunda noche con Danard escuchando cómo lo provocas.

Nos quedamos calladas un momento.

—Creo que lo mejor es que me vaya —dijo ella finalmente—. Pero no quiero volver sola, la idea de salir del coche para abrir la cancela en la oscuridad me espeluzna…

—¿Vamos a buscar a Liam?

—Vamos.

Me despedí de Danard por un rato. Él se quedó haciendo experimentos acústicos con la guitarra mientras Jackie y yo subíamos a la torre blanca.

—Así da gusto subir escaleras —dijo Jackie cuando íbamos llegando al último tramo. Jackie estaba encantada con la facilidad de movimientos que tenía en aquella dimensión—. El color rosa me favorece, ¿no?

Al entrar por la puerta entreabierta, tuve la sensación de romper una conversación importante entre Liam y Sue. Los gatos, con su vibración anaranjada, iban de un lado a otro del cuarto, produciendo ese efecto giratorio que me mareó la última vez.

Liam y Sue nos miraron en silencio.

—Hola. Perdón por interrumpir —musité—. Es que… a Jackie le gustaría irse ya. Y no querría hacerlo sola. Liam, ¿la acompañas tú?

—No —respondió él con claridad.

—¿En serio? —exclamó Jackie, sorprendida y enfadada.

—Pues claro. Acabamos de llegar. No voy a perderme una noche como esta porque tú te quieras ir.

Vi que Sue no pudo evitar sonreír.

—¿Entonces qué hacemos? —pregunté yo.

—Que se ponga a dormir en un sillón, y la despertamos mañana.

—¿Cómo pretendes que duerma entre fantasmas y gatos fluorescentes? —replicó Jackie.

—Ese no es mi problema —le dijo Liam, tajante—. Tú quisiste venir. Ahora asume las consecuencias. O te vas tú sola o te quedas. Pero no molestes.

La energía rosada de Jackie se intensificó hacia el fucsia y el rojo fuerte. Durante unos segundos me pareció que iba a estallar.

Pero, de pronto, me sorprendió. Se fue a un rincón de la habitación, se acurrucó y escondió la cabeza entre las rodillas.

Liam y yo nos miramos, extrañados.

Me acerqué a mi amiga. Bajé la mano y le acaricié el pelo. No sabía si estaba llorando.

—¿Estás bien?

Jackie levantó la vista y asintió con la cabeza.

—Sí —respondió, con un pequeño sollozo—. Me acabo de dar cuenta de que no podríamos irnos de aquí ni queriendo. ¡No podríamos encender el coche! —dijo, riéndose, mientras le caía una lágrima por la mejilla.

Me reí con ella.

—Vete junto a Danard —añadió—. Yo me quedo en este cuarto con ellos. No quiero arruinarte la noche a ti también. Danard siempre ha sido tu sueño.

Volvió a esconder la cara y se quedó así, hecha una bola.

—¿Estás segura? No quiero que lo pases mal hoy también por mi culpa.

Jackie levantó los ojos.

—Vete. Estaré bien —me aseguró.

—Descuida —confirmó Liam—. No me separaré de ella.

Por la mirada que me lanzó Sue, comprendí que, también por su parte, podía irme tranquila. No es que fuera un ejemplo de estabilidad mental, pero de alguna manera sabía que no le haría daño. Y a Liam tampoco.

—Buenas noches —susurré antes de irme.

Sintiéndome ligera como el viento, bajé las escaleras. Iba a pasar la noche con mi gran amor.

Descendí los escalones por aquella atmósfera apagada y blanquecina, iluminada por la luz roja de mi cuerpo.

Cuando llegué al invernadero, Danard seguía allí. Estaba sacando de la guitarra vibraciones sonoras que creaban un ambiente misterioso. Al verme, se detuvo, y el sonido fue apagándose.

—Por favor, no pares. Me encanta escucharte.

—No me puedo creer que esté tocando la guitarra de nuevo —comentó, con brillo en los ojos—. Este…, no sé ni cómo llamarlo, este «milagro» de instrumento fue mi vida durante muchos años. Mi compañera, mi confidente, mi tabla de salvación…

—Si en media hora has conseguido esos efectos, no me imagino qué serás capaz de hacer en un par de días —comenté.

Intenté reprimir un bostezo. Por dentro estaba animada, pero el cambio horario me empezaba a pasar factura.

—Oh, no… Tienes sueño de nuevo.

—Perdona. Debo superar este jet lag de una vez. No quiero que se acabe la noche. No quiero dormir.

—Poder dormir es un regalo. Sue padeció insomnio durante años. Yo, los últimos meses.

—No me extraña, con tantas anfetaminas… —musité.

—No tomábamos anfetaminas —repuso.

¿Le había molestado? Me mordí el labio.

—En cualquier caso —dije sonriendo con calidez—, no creo que tenga muchas noches contigo. Y si me duermo todo se acaba.

—Ya lo sé —asintió él—. Yo tampoco quiero que te duermas. Cuando te duermes es como… si de alguna manera te perdiera. Es contradictorio, porque tu cuerpo reaparece, pero te aleja de mí.

Me acerqué a él. Él también se acercó. Había medio metro entre los dos. Me tendió la mano.

—¿Estás seguro de que quieres que te toque? —pregunté con la ceja levantada.

—Ajá. Estoy preparado para tu alto voltaje. Es más. Lo estoy deseando.

Extendí la mano y enseguida noté la electricidad. Danard cerró los ojos y se concentró en nuestro contacto.

Instintivamente lo besé.

Me abrazó. Sentí cómo su energía me rodeaba mientras nos besábamos despacio. Al cabo de unos segundos la consistencia de Danard era más fuerte, más intensa. De golpe, una oleada de deseo me recorrió de arriba abajo.

—¡Guau! —exclamó él—. No sé lo que acabas de pensar, pero… —se quedó sin palabras— me estás haciendo arder.

Me separé un momento de él.

—¿Te quemo? ¿Quieres que pare?

—Ni hablar —dijo besándome de nuevo.

Volví a notar que me sobrepasaba el deseo. Danard gimió.

—Lo has vuelto a hacer, Sunrise —murmuró.

—No puedo evitarlo —dije con una pequeña sonrisa. Estaba en los brazos de aquel a quien había amado desde la adolescencia—. ¿Nos vamos a tu cuarto? —le propuse.

—¿Hoy me quieres llevar tú a la cama? —bromeó.

—Lo estoy deseando —susurré.

—Yo también.

Me tomó de la mano y recorrimos el camino hacia su cuarto, por escaleras y pasillos desiertos, iluminados por nuestro propio fuego.

*I began to wonder if sex was really just an excuse
to look deeply into another human being's eyes.*

Comencé a preguntarme si el sexo era solo una excusa
para mirar profundamente a los ojos de otro ser humano.

<small>Douglas Coupland</small>

20

Conversación en la cama

Danard me invitó a pasar con un gesto de la mano. Avancé hacia la cama con dosel y me senté en ella como el día anterior. Él se acomodó a mi lado y me dedicó una sonrisa traviesa muy característica suya.

Se me pasó el sueño de golpe. Danard acercó el rostro hacia el mío, pero aparté la cara. No sé por qué. Para ser sincera, creo que, en ese momento, lo que necesitaba era hablar. Saber un poco más sobre él. Que me confiara cosas. Unirnos de otra forma… antes de dar más pasos.

—¿Cómo era tu relación con Sue? —le pregunté.

Danard suspiró.

—¿Qué quieres que te cuente? —dijo bajando la mirada—. Se va a estropear la noche. Además, seguro que tú sabes más que yo con lo que habrás leído… —Hizo una pausa tan larga que pensé que ya no iba a decir nada más. Pero luego añadió—: No supimos hacernos felices.

—¿Por qué no cortasteis?

—Fue mi novia desde el instituto. Que siguiera a mi lado era como mantener vivo a mi yo de aquella época. Mi yo más auténtico. Más limpio.

—Pero según las revistas ella era la que te arrastraba hacia lo peor… —repuse—. Los reportajes siempre hablaban de vuestras peleas. De sus desequilibrios. Según la versión pública, ella te incitaba al abuso de drogas, alcohol, pastillas…

—La fama lo cambió todo. La gente a nuestro alrededor comenzó a tratarnos de otra manera. Sue y yo nos rebelábamos contra ese juego, pero era muy difícil. La imagen que te devuelven los demás te acaba afectando. La fama no solo te corrompe, te convierte en un desconocido para ti mismo. —Hizo una pausa y continuó—: Yo no estaba exento de culpa. Sabía lo que hacía cuando me dejaba llevar por ella. Y, en ciertos momentos, fui yo quien la arrastró. No me siento orgulloso.

Se tumbó y perdió la mirada en la tela del dosel.

—Pero no te creas, sí que intenté dejarla unas cuantas veces. —Su luz parpadeó, vacilante. Un par de instantes después, se recuperó y prosiguió—: Sue es como un prisma que no para de girar en el aire. Sus brillos a veces pueden cegarte. Llevarte desde la fascinación al desprecio más extremo en lo que tarda en decir una frase. La parte de mí que amaba la poesía y las emociones fuertes era adicta a aquello. A ella.

—Además, la atracción era muy fuerte, ¿no? —musité con un hilo de voz.

—Sí. La verdad es que sí. La primera vez que la vi, cuando me la presentaron junto a las taquillas del instituto, no me pareció guapa. Pero su físico tenía algo que te enganchaba. Era imposible mirarla solo una vez.

—«No entiendo tu belleza hasta que caigo y caigo» —recité uno de sus versos.

—«… y de golpe me encuentro convertido en tu presa» —terminó él—. Además, tenía esa personalidad tan marcada. Tan radical. Caí en sus redes desde el principio. Ella fue mi primer amor.

Y yo el suyo. Los dos éramos vírgenes cuando nos conocimos. Sue venía a vernos ensayar y a los primeros conciertos en el local del barrio. Cuando todo empezó a salirse de madre y llegó la oferta de la discográfica y el primer Grammy, ella estaba allí a mi lado, celebrándolo. Fue una época increíble.

—Ya veo —murmuré tumbándome a su lado.

Sinceramente, sentía celos. Yo jamás podría competir con aquel pasado deslumbrante que había tenido con Sue.

Danard continuó, como en respuesta a mis pensamientos:

—No te creas, enseguida la vida se torció. De los doce años que estuvimos juntos, yo diría que solo los seis primeros fueron buenos de verdad. En los siguientes todo eran problemas. Nos buscábamos en la noche como con culpabilidad. El sexo nos daba una tregua. Creaba una especie de espejismo de unión entre los dos. Pero cada vez era más desesperado. Lo hacíamos con amargura, con ansiedad, intentando alcanzar una solución que nunca llegaba. Porque, al terminar, volvíamos a enredarnos en discusiones estúpidas.

—Lo siento.

—No lo hagas —dijo él—. Fue así y ya está. Ahora tú estás aquí. Gracias por haber venido de tan lejos. Gracias —repitió—. Dure lo que dure.

Danard extendió el brazo para que me acercara a él. Eso hice. Al sentir el contacto de mi energía, se le escapó un pequeño gemido. Sonreí al notarlo. Pero aquel «dure lo que dure» había traído un toque amargo de realidad a nuestro presente.

Intenté no pensar en ello. Relajarme en su abrazo y disfrutar de aquel silencio a su lado. Estar allí, con él en la cama, en un espejismo de cotidianidad.

Contemplé a mi alrededor las telas negras, con el filtro desvaído y lácteo que tenía el mundo en esa dimensión. Entre los brazos de Danard, como una especie de foco de luz roja y latiente, me vino a la cabeza la imagen de aquella flor que había visto en el bosque, el encaje de la reina Ana. La gota de sangre granate en medio del entramado de flores blancas, sostenidas en el aire por tallos casi invisibles. Yo en medio de aquel escenario fantasmal.

—Tú en el centro de mi universo.

—¿Me estás leyendo la mente? —le pregunté apoyándome sobre el codo.

—Cuando nos tocamos, es como si tu pensamiento fuera el mío. Como si fuéramos una misma corriente. Pensamiento, deseo…, no sé qué es.

—Yo no puedo leerte a ti —repuse—. Pero me siento muy cerca de tu corazón.

—No tengo corazón. Aquí no late nada —contestó poniéndose la mano en el pecho—. Solo lates tú cuando me tocas.

—Tu corazón está, solo que de otra manera. «Tu silencio palpita, como un faro en la noche», dijiste tú mismo.

—Oye —cambió de tema incorporándose un poco también—, por curiosidad, todas las canciones que has mencionado son de *Broken Idols,* de *The Goddess* o de *Sunken Gardens.* ¿Y mi último disco? ¿Qué te pareció?

—¿Qué último disco?

—Grabé una maqueta durante mis últimos meses, en el 97. En solitario. Se la di a Andrew la noche de mi muerte. Seguro que hizo algo con ella tras reunir a la banda. Se llamaba «Guilty of You».

—*Culpable de ti* —murmuré en español—. Pues… no me suena. Lo buscaré mañana en internet.

Danard parecía contrariado.

—Contiene canciones que son pura víscera. Lo mejor que he hecho en la vida. Aunque quizá el resto del mundo no lo percibió así…

Volvió a tumbarse a mi lado y estuvimos un rato callados, sumidos en nuestros pensamientos. Me estaba hundiendo definitivamente en el sueño, y no quería. No quería.

—Danard, haz que la noche no acabe —le pedí.

—Lo haría si pudiera.

—¿Estarás mañana en la cama cuando despierte?

—Sí. No me separaré de tu lado.

Sonreí.

—«Wake me up before you go-go» —tarareé.

Él se rio.

—Cuenta con ello. Pero no te duermas todavía, por favor —dijo acariciándome la cabeza—. Te escribiré una canción para que no te duermas. Lo opuesto a una nana. «Nana prohibida» se llamará. «Forbidden Lullaby for Sunrise».

Se me puso un nudo en la garganta.

—Una vez que salga de aquí, no sé cuándo podré volver —susurré—. No creo que Jackie quiera regresar. Y tendrá que devolverles las llaves a sus padres.

Danard se sentó sobre la cama.

—Alba, tenéis que evitar que Andy y Marianne hagan obras en la casa. Por favor.

Yo también me senté.

—Y ¿cómo pretendes que lo hagamos?

—Yo creo que, si les dices que Sue y yo seguimos aquí, y que la reforma nos puede hacer un daño irreparable, paralizarán el proyecto.

—Ya, pero ¿nos creerán?

—Consigue que vengan. Les demostraré que estoy en la casa. Practicaré con la guitarra, con la voz... ¡Y Sue parece tener trucos circenses de sobra! —dijo con humor.

—Me parece una buena idea. Además, así podré volver a verte. Hablaré con Jackie mañana por la mañana y lo organizaremos para que sus padres vengan.

—Será como en los viejos tiempos; diles que los invito a cenar.

Sentí un hormigueo de emoción y lo besé impulsivamente.

Fue como un calambrazo. Nos separamos de golpe.

Danard se llevó la mano al pecho.

—Avísame cuando vayas a hacer eso, Sunrise —me pidió—. En serio. Me das... unas sacudidas muy fuertes. De alta tensión. No sabes lo potente que eres.

Asentí con la cabeza.

—Perdona —sonreí—. ¿Me besas tú, a tu manera?

La flecha que le cruzaba el ojo soltó un leve destello de deseo.

Entonces él fue acercando lentamente los labios hacia mí y me besó con delicadeza. Fue casi como un primer beso, el suave contacto con un amor platónico, lleno de timidez. Poco a poco el beso empezó a crecer en intensidad, en pasión. Danard y yo ya no teníamos quince años. Teníamos veinte, veintitrés, veinticinco... Danard estaba en la plenitud de su vigor, de su rabia de juventud, de su música, y yo lo estaba dando todo por abrirme paso en la vida. El corazón se me aceleró. Mientras me besaba apasionadamente, me venían a la cabeza imágenes de la editorial donde trabajé, momentos de frustración, de alegría, flashes de conciertos de Danard, ensayos en un garaje, fiestas en las que nunca estuve... Y todo bañado de versos de sus canciones. Sentía ganas de llorar y de reír a la vez. Mis latidos vibraban en su cuerpo y volvían a mí de nuevo, en un vaivén de energía y atracción.

—Es como si hubieras encendido una hoguera dentro de mí, Sunrise. Cada uno de tus latidos me aviva —murmuró entre beso y beso—. Me enciende con mis propias palabras.

Era lo más excitante que había sentido en toda mi vida. Danard ya no tenía veinticinco años. Tenía veintisiete, y yo también, aquí y ahora, «dure lo que dure». Ya solo estábamos nosotros dos. Toda la fuerza del deseo nos unía en oleadas que nos atravesaban de arriba abajo, meciéndonos cada vez con más violencia en aquel mar eléctrico que nos estaba haciendo perder el control, el cuerpo que no teníamos, en un ritmo ascendente hasta llegar al éxtasis, el uno en el otro.

Nos quedamos así, abrazados. El bombeo de mi propio corazón volvía a mí, como un eco, a través de él.

Y sin saber cómo, descuidadamente, me dormí.

Unas horas después, me desperté con un poco de frío. Descorrí el velo de la cama y entorné los ojos ante la luz que entraba por el ventanal. A lo lejos, sobre las ramas de los árboles, un resplandor anaranjado parecía incendiar el cielo, blanco como la nieve. Debía de ser muy temprano.

Miré a izquierda y derecha. No había nadie. ¿O sí?

—Danard —susurré adormilada—. ¿Estás conmigo?

Me estremecí al sentir una suave brisa en el cuello.

—Buenos días —le dije—. Voy a intentar seguir durmiendo. Quédate, por favor.

—No me moveré de aquí —escuché en mi oído derecho.

—Gracias —le respondí con una sonrisa.

Me tumbé de nuevo y me tapé con el edredón. No notaba su presencia, pero saber que estaba conmigo me llenaba de paz.

Cerré los ojos y seguí durmiendo.

Tú y tu desnudo sueño. No lo sabes.
Duermes. No. No lo sabes. Yo en desvelo,
y tú, inocente, duermes bajo el cielo.
Tú por tu sueño, y por el mar las naves.

GERARDO DIEGO

21

Entre la vista y el tacto

Desperté sintiendo tacto. Pequeñas pulsaciones en mi cintura.

—¿Danard? —pregunté.

No hubo respuesta. Insistí.

—Danard.

—Sunrise —escuché finalmente.

—¿Estabas dormido?

—Creo que sí.

Sentí su voz muy cerca. Yo debía de estar todavía entre sus brazos, sin saberlo.

—He notado que me tocabas. A la altura de la cintura.

—¿Sí? No lo he hecho a propósito.

—Eran como golpecitos. Presiones suaves.

—Soñaba que volvía a tocar la guitarra. De hecho, creo que ya tengo tu canción.

—¿Mi canción?

—Tu nana prohibida.

Sentí que me sonrojaba de emoción.

—¿En serio?

—Ajá. —Hizo una pausa—. Dame unas horas más y te la enseñaré.

—Me gusta haber sido tu guitarra. Aunque sea en sueños.

—Eres la guitarra más sexy que he tenido.

—¿Más que Luna?

—Mucho más. Mil veces más. Luna tenía tus curvas. Pero no tu calor. Ni tu voz.

—Oye, ¿te das cuenta de que estamos teniendo una conversación? Te oigo sin esfuerzo. Como si fueras… de carne y hueso.

—Lo sé. Me siento mucho más fuerte. Creo que es por haber pasado la noche contigo. Aunque no ha sido fácil dormir. Me ha costado horas. No podía parar de mirarte. Tu cuerpo, tus volúmenes, tu presencia física… —No acabó la frase—. Te va a costar convencerme de que el deseo no entra por los ojos.

—Pero mi calor y mi voz no entran por los ojos —repuse sonriendo. Después reconduje la conversación hacia nuestro plan—: Si puedes hablar, será más fácil que los señores Brooks… —me corregí— que Marianne y Andrew vean, digo comprueben, que existes.

—Has notado mi tacto. A lo mejor puedo mover pequeñas cosas. ¡O tocar las cuerdas de la guitarra! —exclamó.

—En el caso de que pudiéramos traerlos esta noche, ¿estarías preparado?

—Sí. Tráelos. Algo puedo hacer seguro para que me perciban. Avisaré a Sue. Cuanto antes paremos esta idea, mejor. Conozco a Andy. Es de las personas más decididas que existen. Si quiere reformar casa, lo hará en dos días.

—Voy a buscar a Liam y Jackie.

—He oído ruido en la planta baja. ¿Te importa si voy al invernadero a tocar la guitarra? Te veré en un rato.

—¿Me podrías…? —titubeé—. ¿Me podrías dar un beso antes de irte?

—Sí, por favor —dijo él.

Cerré los ojos para sentir mejor y levanté la barbilla. Me concentré en mis labios pensando en que sentiría un cosquilleo eléctrico. Pero no. Noté un beso. Un beso de verdad. Delicado pero real.

Al terminar, fue extraño abrir los ojos y no ver a nadie.

Bajé las escaleras y seguí las voces hasta llegar a la cocina. Allí se encontraban los dos comiendo bollería industrial. Probablemente la había traído Liam en su mochila. A su alrededor paseaban varios gatos.

—¡Buenos días! —me saludó este.

Jackie vino a abrazarme.

—¿Qué tal la noche? —me preguntó.

Sonreí con picardía.

—Muy bien, la verdad. Hemos estado… juntos.

—¡Esa es mi Alba! —exclamó extendiendo el puño para que chocara con ella los nudillos.

—¿Y vosotros? —les pregunté de buen humor.

—Pues… Yo he dormido como una bendita —respondió Jackie—, pero creo que no has sido la única que ha descubierto el sexo de ultratumba.

—¡Jackie! —protestó Liam.

—¿En serio? —dije abriendo los ojos como platos.

—Ajá. ¡Mientras yo dormía! Ahora solo falto yo. Pero me habéis dejado el fantasma loco… ¡y eso sí que no!

Se me escapó una carcajada.

—No ha pasado nada… —se excusó Liam—. Bueno, casi nada —carraspeó—. Por cierto, Sue está aquí.

—Sue, manifiéstate —exclamó Jackie con voz de presentadora de televisión.

De pronto, una nube de polvo blanco se me echó encima, como si alguien la hubiera soplado hacia mí.

La sacudí con la mano, entre toses.

—Esto es… ¿harina? —pregunté.

—Sip.

—Debe de tener casi treinta años —comenté mirando el paquete que había en la encimera y el plato donde habían volcado parte.

—La harina no caduca. —Oí que decía muy suave la voz de Sue. Añadió—: Es como la culpa.

—Eso es cuestionable —replicó Jackie—. Lo de la harina, me refiero. La culpa, no lo sé…

Se notaba que esa noche había hecho que aumentara la familiaridad entre los tres.

—¿Sue? —pregunté sorprendida—. ¡Sue! —repetí—. ¡Te oigo!

Volví a escuchar su voz.

—Liam me ha dado fuerzas —susurró.

A Liam se le escapó media sonrisa.

—A mí también me has… dado fuerzas tú. De otra manera. Ha sido una noche muy especial —comentó él hacia la dirección de la que procedían las palabras de ella. Luego miró a Jackie y añadió—: La culpa expira, claro que sí. —Le dio un mordisco a su bollo como quien no quiere la cosa—. Para eso sirve el perdón.

—Bueno —intervine con un poco de prisa—, me alegro de que estemos todos, porque tenemos que hablar. Jackie, hay que invitar a tus padres a cenar esta noche. Debes conseguir que vengan. Es urgente. Debemos hacer que paralicen la reforma de la casa a toda costa. Para salvar a Sue y a Danard.

Sue emitió un gruñido de asco al escuchar el nombre de él.

—Durante la cena les contaremos que sus espíritus siguen aquí, vinculados a Gap in the Map. Y ellos les darán pruebas de su presencia. Sue, ¿crees que podrías pensar en algo? ¿Practicar alguna técnica…?

—Me encantará —respondió ella con un tono que parecía más bien una amenaza.

—La idea no es asustarlos —me sentí impelida a aclarar—. Debemos explicarles que vuestra vida…, perdón, vuestra existencia peligra. Hay que conseguir que decidan ayudaros, no que salgan huyendo aterrorizados o furiosos. Lo siento, pero Danard y tú deberíais poneros de acuerdo con lo que vais a hacer…

—Aquí no hay electricidad —musitó Jackie, en su propio mundo, paseando rápido por la cocina—. Tendremos que hacer una cena fría. Productos gourmet.

—No, esta vez puedo traer el camping gas —repuso Liam—. ¡Haré salchichas por fin!

—Pero ¿en qué estás pensando? ¡Son mis padres! No les puedes sacar de la mochila bollos de chocolate y salchichas como si tuvieran cuatro años —repuso ella—. Compraré tartar, quesos variados, una botella de Far Niente… No, mejor dos botellas. Con lo que beben…

—¿Es un vino italiano?

—No, de California. Es su vino blanco favorito —añadió pensativa—. Far Niente quiere decir «no hacer nada». Eso les encanta.

—Pues es precisamente lo que tienen que hacer con la casa: nada. Que no la toquen.

Jackie parecía animada, involucrada con nuestro objetivo. La idea de hundirles un proyecto a sus padres seguro que también le daba un atractivo extra.

—El vino es excelente, ya veréis —prosiguió—. Luego pasamos por la mejor tienda de alcohol de la zona. Y por el súper.

—Te ayudaré con toda la compra —le prometí.

—Perfecto. Pero los llamaré primero para confirmar que vienen. ¿Nos podemos ir ya de aquí? Me muero por ir al cuarto de baño…

Al parecer, fue bastante complicado conseguir que aceptaran venir a cenar. Escuché la conversación telefónica de fondo. Andrew tenía ya un compromiso previo, y Marianne se negó en redondo a volver a Gap in the Map de noche.

—¡Mamá, si tú cenas prontísimo! De ninguna manera se va a hacer oscuro. No te preocupes, que no va a durar tres horas… No… Tiene que ser ahí. Créeme que es algo importante. Ya veréis. Os lo contaré cuando estemos juntos.

Jackie tuvo que volver a llamar una hora más tarde para ver si finalmente acudirían.

Quedamos con ellos a las cinco y media.

Liam, Jackie y yo estaríamos allí una hora antes preparándolo todo. Además, Liam quería desmontar su tienda de campaña.

—Ya sé que está vieja, sucia y rota —se justificó—. Pero le tengo cariño.

La guardó en el maletero del coche de Jackie mientras ella y yo limpiábamos de polvo la mesa del comedor.

Dado que el agua estaba cortada, habíamos traído platos y cubiertos de madera y papel para no tener que fregar. Eso sí, las copas eran de cristal.

—Miserias las mínimas —dijo Jackie—. Beber vino bueno en vasos desechables seguro que da mal karma. O te manda al infierno de cabeza —añadió.

Liam había cogido velas e incienso de su apartamento.

—Eres un romántico, Liam, pero todavía será de día. Además, no sé qué pretendes —le reprochó mi amiga—. La cena es con mis padres…

—Bueno, pero la atmósfera es importante. Además, ellos se irán pronto. Y nosotros nos quedaremos —repuso con sonrisa traviesa a la vez que sacaba un paquete de *cupcakes* de crema de chocolate y una botella de whisky—. ¡No nos la bebimos el otro día!

—La botella para ti, que debe de tener babas de oso. Trae para acá los *cupcakes*… —dijo quitándoselos de las manos.

Pero, mientras limpiábamos y poníamos la mesa, hubo algo que me extrañó. La casa estaba sumida en el silencio. Yo esperaba que Sue y Danard se comunicaran con nosotros desde el primer momento. Que habláramos de lo que íbamos a hacer, de cómo se lo explicaríamos a Andrew y Marianne… Sin embargo, ninguno de los dos dio señales de vida. ¿Tal vez estaban discutiendo en otro lugar de la mansión? Intenté no preocuparme.

De pronto, me pregunté: «¿Pongo un sitio para ellos?». Recordé la representación de *Don Juan Tenorio* que había visto de adolescente y se me escapó una sonrisa al recordar al fantasma del Comendador llamando a la puerta una y otra vez hasta llegar al sitio que le habían guardado en la mesa. Las cosas de España me parecían ahora tan lejanas, inmersa como estaba en aquella aventura al otro lado del Atlántico…

Les comenté a Liam y Jackie mi duda sobre si ponerles plato o no, y finalmente decidimos no hacerlo para no inquietar por anticipado a nuestros invitados. Les daríamos la noticia sobre su presencia poco a poco.

Esperábamos que Danard y Sue corroboraran con pequeñas acciones todo lo que dijéramos. Quise confirmar con ellos que lo harían, pero no obtuve ninguna respuesta por su parte.

Por si acaso era útil, traje del invernadero la guitarra de Danard y la dejé sobre un aparador del comedor. Liam la afinó de nuevo.

Todo estaba listo cuando oímos que llamaban a la puerta con los nudillos.

Yo a las cabañas bajé,
yo a los palacios subí,
yo los claustros escalé,
y en todas partes dejé
memoria amarga de mí.

José Zorrilla

22

El convidado de piedra

Andrew abrió la puerta, que no estaba cerrada con llave, y pasó directamente. Pero volvió a salir enseguida para coger a Marianne de la mano y animarla a entrar.

Marianne parecía bastante frágil y pequeña en aquel vestíbulo. Estaba muy disgustada.

—Más vale que haya una buena razón para esto, Jackie —murmuró entre dientes.

—Claro que sí, mamá —dijo su hija mientras iba a su encuentro para darle un rápido abrazo.

Yo también me acerqué a saludarlos.

—Quién nos iba a decir que nos veríamos dos días seguidos, ¿eh, Alba? —comentó Andrew con tono campechano. Después preguntó mirando a Liam—: ¿Con quién tenemos el gusto…?

—Me llamo Liam, señor Brooks, señora Brooks… —se presentó agachando ligeramente la cabeza—. Liam Dunn. Soy amigo de su hija.

—Bueno —dijo Jackie—, ¿vamos al comedor? He comprado cositas de comer que creo que os pueden gustar.

Sus padres conocían la dirección. Se notaba. Pero Marianne caminaba como si bajo sus tacones hubiera víboras amenazando con picarla.

—Venga, Marianne. Tranquilízate.

—¿Tú te das cuenta de que no he estado aquí desde la dichosa noche? —repuso ella—. Todo esto me está helando la sangre.

Él le dio un apretoncito en la mano.

Pasaron las puertas correderas y llegaron a la gran mesa, preparada con esmero. Andrew sacó una de las sillas para que Marianne se sentara.

—¡Alegra esa cara, mamá! ¡He comprado Far Niente! —exclamó Jackie levantando una cubitera con las dos botellas que había traído. Se había acordado de comprar hielos y todo.

Marianne sonrió con timidez y se dejó servir.

—¡Qué rico, Jackie, tartar! ¡Y una buena selección de quesos! ¿Qué es lo que estás tramando? —le preguntó su padre—. ¿Cuándo nos lo vas a contar?

—Pues… espera, que vamos a servir primero el vino.

En cuanto tuvimos todos la copa llena, Jackie levantó la suya.

—Vamos a brindar… —dijo solemnemente— por que por fin he descubierto que hay vida después de la muerte.

Abrí los ojos como platos.

—¿Y eso, querida? —preguntó Andrew con curiosidad.

—Sí. Y también lo vais a descubrir vosotros de un momento a otro.

Me mordí el labio. Esto podía acabar muy mal…

—¡Salud! —intervino Liam quitándole peso a todo y bebiéndose de golpe media copa de aquel vino tan caro.

—¡Salud! —exclamamos los demás.

—Papá, mamá —continuó Jackie mientras se pasaba la lengua por el labio superior—, Danard y Sue están aquí. Aquí y ahora. Están presentes en esta cena.

Marianne espurreó el vino sobre la mesa y los comensales.

—¡Halaaa! —soltó Liam limpiándose la camiseta con las manos.

—Perdón —murmuró Marianne tapándose la boca.

Decidí intervenir.

—Sue y Danard no suponen ningún peligro. No pretenden hacerle daño a nadie. Pero es importante que ustedes lo sepan, porque la obra que quieren hacer en la casa… sí puede herirlos a ellos.

—Los puede matar definitivamente.

—Eso son bobadas —dijo Andrew—. Sois jóvenes e impresionables. No tenía que haberos dejado las llaves —comentó, más bien para su mujer.

—Estamos hablando en serio —interfirió Liam.

Jackie iba a replicar algo cuando comenzamos a oír un sonido. Una vibración. Se me puso la piel de gallina. Y no fui la única, todos en la mesa nos tensamos.

—Vi… vi… —tartamudeó Marianne—, viene de la guitarra…

Nos volvimos hacia ella. Una de las cuerdas temblaba. Pero luego se detuvo. Y se empezó a escuchar una voz. Un murmullo, una melodía cantada con la boca cerrada. Era inequívocamente el timbre de Danard. La cavidad de la guitarra potenciaba su resonancia. La canción se fue dibujando con más claridad. Intenté reconocer qué tema era. Al cabo de unos compases más, lo conseguí.

—Es «Take off Your Tie». —Tarareé—: «Quítate la corbata. Nunca te ha protegido del vacío. Abre el puño apretado…».

—«… Deja que pase el agua. Sumérgete en el río» —continuó Andrew. Se levantó y caminó hacia la guitarra—. Es mi canción —murmuró con la voz entrecortada por la emoción—. Es Dan…

—¡El tartar! —lo interrumpió de golpe Marianne. Miró debajo de la mesa, volvió a levantar la cabeza y repitió, con voz temblona—: Esto es real. El tartar se está moviendo.

—No puede ser —dijo Andrew regresando junto a su mujer—. ¡Es verdad! —exclamó.

—Está cogiendo la forma de algo —comentó Liam. Acercó la cara hacia el plato con curiosidad.

—Algo con patas —respondió Marianne agarrándose a su asiento como a un salvavidas—. Es… ¿un gato?

—No, mira las orejas, cielo… —replicó Andrew—. Parece más bien un perro.

—¡Una perra! —exclamé, sin pensar. Marianne me miró con los ojos muy abiertos, como si el insulto hubiera provenido de mí—. Lo siento —dije bajando la cabeza—, no quería…

—Se me ha quitado el hambre —soltó poniendo la servilleta sobre la mesa. Después se levantó—. Me quiero ir. No —se corrigió—. Sí —se contradijo—. No —negó otra vez—. Voy un momento al cuarto de baño —musitó atropelladamente, y se marchó de golpe.

—¿Al cuarto de baño? Pero no hay agua, mamá… —replicó Jackie.

—No me importa.

Mi amiga y yo nos miramos extrañadas y Jackie se encogió de hombros.

—Pues qué guarrada —murmuró. Sonrió forzadamente a su padre—. Papá, ¿quieres queso?

—¿Que si quiero queso? —repuso él—. ¿Cómo voy a querer queso? —repitió mirando en todas direcciones; buscaba alguna señal más del otro mundo—. Danny, ¿estás aquí? ¿Eres tú de verdad? —Tenía la voz amortiguada. Parecía hablar a través de un nudo—. ¿Sue?

En ese momento, el señor Brooks abrió los ojos como si hubiera escuchado algo y rompió en llanto.

—Ay, Danny, Danny —sollozó. Su enorme corpachón empezó a sacudirse, subiendo y bajando la espalda, agitado por la emoción—. ¿Eres tú? No sabes cuánto te he echado de menos… Cuánto lo he lamentado…

Andrew levantó la vista y comentó mirando hacia arriba, con lágrimas en los ojos:

—Tenías tanta vida por delante… ¿Por qué? ¿Por qué lo hiciste? Todas aquellas anfetas… Pero ¿qué querías conseg…?

Andrew se limpió las lágrimas con el antebrazo.

—Pues, entonces, lo que dijo el forense… Yo ya no entiendo nada. ¿Sue? Sue, ¿estás tú también aquí?

Hubo otra pausa.

—Cuando vuelva dile que lo siento. Y Marianne también. Sentimos todo lo que ocurrió. Lo hemos hablado tantas veces… Sue tuvo que vivir un infierno para saltar de la torre así aquella noche. Porque saltó por propia voluntad, ¿verdad, Danny? ¿Verdad?

Se quedó escuchando. Parecía esperar.

—No la tiraron, ¿no? —insistió—. Tú no tuviste nada que ver, ¿verdad? Dime que no.

Andrew se tapó la oreja derecha, como si alguien le hubiera gritado. A mí también me pareció oír su voz.

—¡No, Dios me libre de sugerir nada! —se defendió Andrew—. Es que nadie se explica lo que pasó.

Aquí el silencio fue más largo.

—Danny, tu maqueta estaba vacía —continuó—. No se oía nada. No supe nunca si fue fruto de un error de grabación, si fue una broma tuya… Pero, por la cara que tenías cuando me la diste, parecía algo serio. Algo valioso.

Andrew dejó la mirada perdida en el aire. Danard debía de seguir hablando. Después se tocó el hombro, como si acariciara una mano que se hubiera apoyado en él. Las lágrimas caían de sus ojos en un hilo continuo.

—Y yo te quiero a ti, tío —murmuró.

—Por la amistad —dijo Jackie levantando su copa, con los ojos brillantes.

Entonces, Marianne apareció corriendo. Temblaba de arriba abajo y se tapaba un ojo con la mano.

—Andy, vámonos de aquí. ¡No quiero pasar en esta casa ni un minuto más! —gritó.

—¡No, esperad! —intervine—. No hemos hablado de lo más importante. Necesitamos que paralicéis el proyecto, las obras…

—Danard y Sue desaparecerían —explicó Jackie—. No podéis seguir con la idea de reformar la casa. Su vida depende de la conservación de este espacio, tal y como está ahora.

—Pues maldita sea su vida —repuso Marianne—. ¡Esa sucia zorra me ha metido el dedo en el ojo!

Se me escapó la risa sin querer. La madre de Jackie me miró ofendida sin parar de temblar.

—Perdón.

—¡Sé que ha sido ella! —exclamó Marianne quitándose la mano de la cara un momento para señalar el cuarto de baño—. Así que, si puedo tirar la casa abajo, no dudéis de que lo haré.

—Marianne, qué cosas dices —repuso Andrew levantándose, colorado.

En ese momento, sentí cómo se me erizaba todo el pelo de la nuca: en el ventanal que daba al jardín, una masa de algo sangriento se restregaba contra el cristal.

Grité, horrorizada.

Jackie también chilló. Marianne apartó la cara de aquella visión. Liam inclinó la cabeza hacia un lado y preguntó:

—Eso es… ¿una ardilla con el cuello cortado?

«PIGS», estaba escribiendo con grandes letras rojas en el cristal.

En ese momento, Andrew se llevó la mano al corazón y se desplomó en el suelo, todo lo grande que era.

Entonces sí que cundió el pánico.

—¡Aaaaaah! ¡Vamos al hospital ahora mismo! —gritó Jackie agachándose sobre él.

Entre todos le dimos la vuelta.

Marianne lo abrazó, soltando alaridos de histeria. Pero entonces levantó la cabeza, como si alguien le hablara, y unos instantes después asintió y fue corriendo hacia su bolso. Lo volcó. De entre aquel desastre de tarjeteros, maquillaje y medicinas, sacó una pastilla. Se la metió a Andrew debajo de la lengua.

—Vamos a levantarlo —dijo, más serena.

No había manera. Andrew era enorme y tuvimos que tirar entre todos de él para arrastrarlo a la entrada.

Cuando iban a abrir la puerta, Jackie exclamó de pronto:

—¡No! ¡No la abráis! ¡El fantasma loco está ahí fuera!

Sentí que se me retorcían las tripas. ¡No podíamos dejar que Andrew muriera por temor a aquel fantasma!

Danard me dijo algo al oído que me tranquilizó.

—¡No os preocupéis! Danard se encargará de él —les transmití.

Andrew pareció volver en sí y, gracias a Liam, conseguimos levantarlo. Marianne abrió la puerta de su coche, un Lamborghini, y lo metimos en el asiento del copiloto.

Ella conduciría. Jackie se sentó en el asiento trasero. Liam y yo nos miramos sin saber qué hacer.

—¡Liam! ¡Te necesitamos! —lo llamó Jackie abriendo el cristal—. ¡Conduce tú mi Jaguar, por favor! ¡Y síguenos! ¡Cuando aparquemos en la puerta del hospital, necesitaremos que nos ayudes a sacarlo del coche!

Liam asintió y cogió las llaves que le estaba tendiendo.

—¿Qué hago yo? ¿Me meto también en el coche? —le pregunté. Sinceramente, el corazón me pedía quedarme en Gap in the Map e indagar sobre lo que había ocurrido en la cena. En el hospital iba a poder hacer muy poco. Pero, si mi amiga me necesitaba a su lado, iría hasta el fin del mundo.

Jackie me miró intensamente. Fueron dos o tres segundos que parecieron durar una eternidad. Supo leer mis deseos.

—Quédate —dijo a continuación—. Te llamaré con lo que sea.

Sacó la mano por la ventanilla y yo se la apreté.

—Gracias, Jackie. Todo va a salir bien, ya verás.

Life is hard and it gets worse and worse and worse.

La vida es dura y cada vez es peor y peor y peor.

Cat Power

23

Confesiones

Entré en la casa y fui directamente al invernadero. Quería poder interactuar de nuevo con Danard.

Era la hora dorada otra vez. La luz de la tarde lo invadía todo con su belleza. Fui al rincón de las plantas y esperé delante del espejo.

Y esperé.

Y esperé.

Danard no llegaba. Me senté. Saqué el móvil y busqué su discografía. Efectivamente, no había ninguna novedad después de *Sunken Gardens* (Jardines hundidos). Un artículo decía que, la noche de su muerte, Danard le había dado a Andrew una maqueta donde no se oía nada. El periodista que lo había escrito tomaba este hecho como prueba de que había sido un suicidio. La entrega de «una última carta de silencio antes de entregarse al silencio definitivo».

Puse los ojos en blanco. Me parecía increíble cómo la gente proyectaba en él su imaginación, todo lo que se le ocurría.

Intenté recordar lo que Danard había escrito sobre este asunto con sus propias palabras. Y sí, me sonaba que al final del diario mencionara sesiones de grabación en solitario. Pero no incluía ningún borrador con las letras ni decía los títulos de las canciones. De eso estaba segura. Quizá las escribiera en otro cuaderno. Aun así, lamenté no haberle prestado más atención a aquel tema.

Seguí leyendo artículos y reseñas sobre la cena fatídica. Confirmé que la causa de la muerte de Danard había sido una parada cardiaca debido al abuso de excitantes y alcohol, y me quedé un rato pensando en eso, desconcertada.

Media hora después, escuché una voz suave en mi oído.

—Hola, Sunrise. ¿Me estabas esperando?

Sonreí y me puse de pie.

Me vi en el espejo y ahí estaba él, detrás de mí, entre las manchas de azogue.

—Sí, te esperaba —respondí mirándolo a los ojos.

Conforme me giraba hacia él, el mundo se convirtió en la sombra blanquecina y fría de sí mismo. En realidad, era yo quien se había transformado.

—Ya podemos hablar —me dijo.

—Lo estaba deseando. ¿Qué ha pasado esta tarde?

—Demasiadas cosas.

—¿Por qué no aparecisteis cuando llegamos? Podíamos habernos coordinado mejor para darles la noticia con más tacto. Jackie no se caracteriza por su delicadeza que digamos.

—Jackie es más bruta todavía que su madre. Pero es espontánea, eso me gusta. La espontaneidad es de las primeras cosas que te arrebata la vida.

—¿Qué pasó? —insistí—. ¿Por qué no os comunicabais con nosotros?

—Durante el día fui perdiendo casi toda la fuerza que me diste por la noche. Intenté hablar con vosotros, pero no me escuchabais. Y a Sue le ocurrió algo parecido. Pero, durante el tiempo que pasasteis en el salón, nos fuimos cargando con vuestra energía otra vez. Sue se repone enseguida. No sé cómo lo hace…

—¡Nos vampirizasteis! —bromeé—. ¡Sin pedirnos permiso!

—Ja. Bueno, se podría decir que sí. Aproveché que Liam estuvo un rato sentado afinando la guitarra y le puse la mano en la cabeza. Gracias a eso conseguí hacer sonar la cuerda y que Andy me oyera. ¡Pobre Andy…!

—Sí. Espero que se recupere. Oye, ¿qué ha pasado con… tu huésped?

—Ethan. Se llama Ethan —respondió, y se quedó pensativo—. Para daros tiempo y que salierais con Andrew sin que os hiciera daño, le grité. En realidad, nos gritamos los dos a través del ventanal del comedor. Estaba enfurecido. Lleno de venganza.

Danard no dijo nada más.

—¿Ahí acabó la cosa? ¿Cómo descubriste su nombre?

—Pues… le pedí que me dijera quién era y por qué tenía tanta rabia contra mí.

—¿Y…? —lo incité a que siguiera.

—Estaba indignado de que no lo recordara. Lo cierto es que, al verle la cara, recordé algo. Me vinieron sus ojos, como un flash. La angustia de su mirada. Reconocí en ellos el reflejo de mi propia angustia. La que sentía en vida. Por las pocas frases que dijo, creo que Sue tiene razón: Ethan consiguió entrar en casa, no sé cómo, y lo insulté. Y se metió en la cueva. Y se murió allí abajo.

—Qué horror.

—Sí, así es —dijo Danard agachando la cabeza—. Mañana, cuando vuelvas a ser de carne y hueso, me gustaría que hicieras algo por mí. En realidad, por él.

—Lo que sea —respondí impulsivamente. Recapacité—: Bueno, si es ir a sacar su cuerpo… prefiero que lo haga la policía.

Me estremecí solo de pensarlo.

—No te preocupes. No te pediría algo así. Pero eso también habrá que resolverl… ¡Sue! —exclamó al verla entrar junto a varios de sus gatos.

—Hola, capullo —lo saludó ella.

Danard sonrió.

—Siempre tan educada. Lo del tartar fue verdaderamente… sutil.

—Ni que tú fueras el rey de Inglaterra…

—Hola, Sue —intervine para calmar los ánimos.

Sue me hizo un gesto con la mano.

—¿Nos puedes contar qué pasó en el cuarto de baño? —le preguntó Danard—. Gracias a ti, Marianne derribará la casa para acabar con nosotros. Así que espero que, al menos, te lo hayas pasado bien…

—Lo del ojo fue un placer, la verdad.

—¿Cómo lo hiciste, por cierto? —preguntó él con curiosidad.

—Con concentración. Eso que tú solo utilizas para escribir canciones. Si hubieras enfocado tu atención en otras cosas, otro gallo nos cantaría.

—¿Enfocarme en otras cosas como meterle el dedo en el ojo a la gente? Sí, te confieso que nunca se me ocurrió. Nunca tuve tu… bondad.

—No, cariño. Podrías haber usado tu capacidad para mirar a los demás. Aprender a mirar lo que nos ocurría.

—A mirarte a ti, quieres decir.

—Pues sí. Para no hacerme sufrir tanto… tirándote a esa perra —concluyó.

Me tapé la boca con la mano, sorprendida.

—¿Tú y… Marianne? —logré pronunciar.

Danard me miró y se justificó.

—Fueron dos noches.

—Dos noches, dos noches. ¡Fueron más de dos noches! —repuso Sue.

No cabía en mí de asombro.

No había leído nunca nada sobre ello. Ni en las revistas ni en el diario de Danard. Pero, desde luego, encajaba. Justificaba la rabia y la desesperación de Sue.

—No tiene sentido volver a esto ahora. Céntrate en lo que estábamos hablando: qué-pa-só-en-el-cuar-to-de-ba-ño —dijo Danard vocalizando con agresividad.

Sue bajó la cabeza intentando controlar la ira. Estuvo callada un par de largos minutos.

Por fin, decidió hablar.

—Marianne no fue al baño por necesidad. Tenía un objetivo. En cuanto entró, cerró la puerta con pestillo y abrió el armario de las pastillas. Miró un par de botes y luego se agachó. Quería alcanzar algo que estaba detrás de la bañera, pegado a la pared. Pero no llegaba, porque las patas de la bañera se lo impedían. Pude sentir claramente la ansiedad que tenía dentro.

»Fuera lo que fuera lo que quería coger, ¡no iba a permitir que se saliera con la suya! Aquello olía a gato encerrado. Así que empecé a tirarle del vestido y a molestarla.

—Y fue cuando le metiste el dedo en el ojo. ¡Bien hecho, entonces! —le dijo Danard.

Ella le sonrió. Inmediatamente, torció el gesto y miró hacia otro lado.

—¿Vamos a recoger lo que buscaba? —propuse con interés.

—Será difícil —dijo Danard—. Como no sea una pluma, no podremos moverlo.

—Yo sí —comentó ella agachándose para acariciar a uno de sus gatos. Su resplandor naranja centelleó entre los dedos de Sue.

Danard me miró y tendió la mano hacia mí. Lo miré con recelo.

—¿Tú también quieres energía?

Danard se quedó desconcertado.

—No, te quiero a ti —musitó.

Sentí que me daba un vuelco el corazón. Había utilizado el verbo *want*, no *love*. Pero, aun así, implicaba deseo. Cierta forma de querer.

—Puaj —murmuró Sue marchándose hacia el cuarto de baño—. ¿Me podéis ahorrar todo esto?

—Perdona, Sue —dije caminando detrás de ella.

—Tú no has hecho nada —murmuró entre dientes.

Danard nos siguió.

Fue la primera vez que entré en el cuarto de baño. Al llegar, vi que el espejo estaba abierto; era una especie de armario botiquín. Había botes de diferentes tamaños. La mayoría de color naranja, etiquetados con la fecha y el nombre del paciente.

Danard señaló uno de ellos.

—Tus somníferos —le dijo a Sue—. Eso fue lo último que tomé aquella noche.

—Y unos cuantos vasos de whisky, no te olvides —añadió ella.

—Sí. Pero nada funcionaba. Nada parecía hacerme dormir.

—A mí tampoco. Entonces tu corazón empezó a volverse loco, y viniste a buscarme a la torre —murmuró Sue—. Pensé que te iba a estallar. No sabía qué hacer, si llamar a una ambulancia o coger yo misma el coche…

—¡Me hubieras matado conduciendo tú!

—Gracias, idiota —dijo Sue con media sonrisa. Retomó el tono confesional—: Cuando se puso a latir tan rápido que parecía imposible, de pronto, se paró. Pensé que me moría yo también. De miedo y de angustia —añadió sin mirarlo a los ojos—. Intenté reavivarte sacudiéndote el pecho, como había visto hacer tantas veces en la tele, pero no sirvió de nada. Y abrí la ventana.

—¿De verdad te tiraste por mí? ¿Hiciste eso… con todo lo que me odiabas?

—Sí, estúpido. Pero estaba fuera de mí. Yo también tenía el corazón que se me iba a salir del pecho. No podía pensar con claridad. Era como si algo me manejara, no sé…

—Según la policía, la causa de la muerte de Danard fue por sobredosis de excitantes. Sue, tú también tenías en la sangre.

—¡No puede ser! ¡Si era todo lo contrario! Danard se pasó con mis pastillas para dormir. —Se dirigió a él—: ¿Cuántas te tomaste? ¡Te las tragabas de dos en dos!

—No sé, Sue. Me cuesta recordar muchas cosas… Pero sé que lo que sentía aquella noche no era normal. Igual que lo que te ocurrió a ti. Era una especie de histeria lo que tenía por dentro. Una posesión.

—El fantasma de… ¿Ethan? ¿Pudo ser eso?

—No —repuso Sue—. El pobre chico llegó un par de años más tarde.

—Es verdad —asentí. Señalé la bañera—. ¿Queréis que veamos lo que hay ahí debajo?

—Venga —dijo Sue.

Se agachó y me estremecí al volver a ver su cráneo hundido y abierto por detrás.

Menos mal que no se dio cuenta. Comenzó a manipular algo. Sonaba como si le diera pequeños golpecitos a un objeto que se arrastraba.

Fue complicado, pero, al cabo de un par de minutos, salió de la oscuridad un tapón blanco.

Y, acto seguido, un bote naranja, con algunas pastillas dentro.

Old habits die screaming.

Las viejas costumbres mueren gritando.

Taylor Swift

24

Cuerpo a cuerpo

—Otro frasco de tus pastillas azules —murmuró Danard—. Eres un caos, lo sabes, ¿no?

—No tiene sentido —dijo Sue poniéndose de pie—. ¿Por qué iba a querer Marianne sacar esto de ahí? ¿Y cómo sabía que se me había perdido el bote?

—En esta casa desaparecen muchas cosas —comentó Danard con tono de reproche—. Por ejemplo, las canciones de mi maqueta.

Me fijé en que el tono violáceo de Sue se intensificaba. Danard se dio cuenta.

—No habrás tenido tú algo que ver, ¿verdad? —preguntó acercándose a ella de forma inquisitiva.

—Ni hablar. —Sue retrocedió dos pasos.

—Un momento —musitó Danard, como haciendo memoria—. ¡Yo la escuché! Unas horas antes de dársela a Andy, escuché la maqueta y se oía perfectamente. Per-fec-ta-men-te. ¡Y te entregué la bobina! ¡Recuerdo que te la puse en las manos antes de la última cena!

—La última cena. Siempre te has creído Dios.

—¿Cómo quieres que la llame entonces? ¿La encantadora velada de nuestra muerte? No me distraigas, Sue —le pidió con seriedad—. Le coloqué la etiqueta con el título «Guilty of You» y te la di para que la metieras en un sobre. El sobre que le di a Andy. Ahora él dice que no se oía nada.

—Primera noticia. ¿Qué crees, que la he borrado?

—Eres capaz. —Acercó su frente contra la de ella y le dijo, con los dientes apretados—: Sue, ¿qué hiciste con ella?

—Te juro que no me diste la bobina. ¡Tienes memoria de pez! ¡Tú mismo lo reconoces! La bobina no, pero me dabas todos los días miles de cosas para gestionar, para entregar a los de la banda, para llevar a correos… He hecho innumerables trámites. He metido en esos malditos sobres marrones camisetas firmadas, discos, documentos… ¡Era tu chica de los recados! Y digo yo que, con el dinero que teníamos, podías haber contratado a alguien para hacer toda esa mierda.

—No queríamos ser burgueses, ni tú ni yo.

—¡Dice el que se hizo construir una mansión!

—Todos tenemos contradicciones —replicó Danard entre dientes—. Además, si tú no hubieras trabajado para mí, ¿qué habrías hecho?

—¡Pues buscar mi propio camino, por el amor de Dios! ¡Tenía veintipocos años y todo un futuro por delante! ¡Me sacrifiqué por ti… hasta el final! —Su voz fue quebrándose.

—Nadie te pidió que saltaras por la ventana —repuso Danard.

Al oír aquello, me dieron ganas de matarlo. Y no fui la única. Vi claramente cómo la tristeza de Sue se convertía en rabia, en furia, en un dramático huracán de odio que salió disparado contra él.

Retrocedí unos pasos por temor de que aquel choque violento acabara hiriéndome a mí.

Se enzarzaron.

No podía parar de mirarlos. Era fascinante ver cómo dos figuras etéreas luchaban entre sí, se entremezclaban, desdibujándose, el color morado de ella y la luz pálida de él, entrando y saliendo el uno en el otro con ferocidad.

Unos minutos después, Sue se alejó de él y gritó:

—¡Esto es absurdo! ¡Te estoy alimentando con mi energía!

Danard soltó una carcajada.

—¡Te has dado cuenta! —Levantó la ceja y añadió—: Se me había olvidado lo divertido que es tener un cuerpo a cuerpo contigo…

—¡Arrrgh! —gritó Sue dando un golpe con el pie en el suelo. Golpe que, obviamente, no sonó—. ¡No hay quien te soporte…!

Entonces Danard hizo algo que me sorprendió.

—Espera, Susie… —le dijo usando el diminutivo que solía utilizar en su diario cuando se refería a ella en los momentos buenos—. Oye… Perdóname. No tenía que haber dicho lo de antes. He sido… cruel. —Hizo una pausa. Después continuó, con voz amortiguada—: No sé qué me ocurre, pero, a pesar de todos los años que hemos pasado sin hablar, sigo reaccionando contigo de la misma manera que entonces. Es como si me dejara llevar por un papel preestablecido. Te veo y me meto en ese personaje.

Sue agachó el cuello con pesar.

—Supongo que mis insultos no ayudan a que actúes de otra manera —confesó—. A que nos tratemos con más respeto.

—Lo siento —insistió él—. Pero lo que de verdad siento, con un dolor que me pesa aquí dentro —dijo llevándose la mano al pecho—, es lo de la ventana, Susie. De verdad. Me ha atormentado desde entonces que hicieras eso por mí.

»Entiendo tu odio —añadió—. He acabado quitándotelo todo.

Se miraron profundamente a los ojos.

—Tampoco es justo que cargues con la culpa —replicó ella—. La decisión fue mía. Fue la última de una serie de malas decisiones.

Danard le tendió la mano y Sue se la cogió.

Y de su unión salió una luz muy fuerte.

Yo, que podría haber estado celosa, disfruté contemplando aquella luz. Aquel perdón. Aquella paz.

Se quedaron así, sin moverse, unos cuantos segundos.

Llegó un punto en el que bajé la mirada, para dejarles intimidad, y algo me llamó la atención.

—Un momento —murmuré agachándome hacia el bote naranja que había en el suelo—. Este bote no es igual que los del armario.

Danard y Sue me miraron.

—En este bote pone «Marianne Brooks».

Sue se agachó. Apuntó el bote abierto con el dedo índice, cerró un ojo, como si estuviera jugando al billar, y le propinó un golpe perfecto.

El bote chocó con fuerza contra la pared del baño, y en el trayecto se salieron dos o tres de las pocas píldoras que aún quedaban dentro.

Las contemplamos. Eran iguales a las que yo había visto tomar a Jackie desde mi adolescencia. Por supuesto. Cómo no había caído antes: eran las dichosas píldoras azules.

—¡Es Ritalin! —exclamé leyendo la etiqueta completa—. Son las pastillas que Jackie y Marianne toman para el TDAH.

Danard y Sue se miraron, con los ojos tremendamente abiertos.

—El bote tiene fecha de 1997 —añadí.

—¡Marianne nos cambió las pastillas! —exclamó Danard.

—No. Me cambió las pastillas *a mí*. ¡Eran mías! Contra ti no tenía nada —repuso Sue.

—¿Marianne… fue quien nos mató?

Yo me quedé sin palabras. No me podía creer lo que estaba pasando.

Danard estaba en shock. Pero la cabeza de Sue parecía ir a toda velocidad.

—No. No puede ser… A ver. Recuerdo que estuve fastidiándola bastante durante la cena. Marianne ya estaba bastante quemada conmigo. Pero esa noche fue peor. La humillé delante de Miguel… y de Thiago, al que admiraba mucho. Acabó de los nervios. Pero matarme… ya son palabras mayores. Supongo que, sabiendo mis problemas de insomnio, quiso jugarme una broma pesada.

—Todo se salió de madre aquella noche. Es verdad que Marianne no podía prever que yo me tomara tus pastillas. En exceso. Ni que bebiera tanto. ¡Quería dormir y nada funcionaba!

—¡Cómo iba a funcionar! —exclamó Sue—. ¡Si son estimulantes! A Marianne la ayudaban a concentrarse, pero acuérdate de que Vivianne y Dave las usaban como sustituto de la cocaína.

—Los periódicos más fiables dijeron que fue por sobredosis de excitantes —intervine—, pero las revistas debieron sacar sus propias conclusiones. Se acabó simplificando todo a anfetaminas.

—Estaban muy de moda, como la heroína. Varios amigos nuestros las tomaban.

—A partir de cierto momento —seguí—, se ve que hay un corta y pega en la información sobre las muertes, que se sigue reproduciendo hasta hoy.

—Le tocaste mucho las narices a Marianne —comentó Danard volviendo la cabeza hacia Sue.

—Sí. Lo reconozco. Ahora que lo dices, recuerdo que Andy estuvo intentando hacerla salir del baño.

—¡Aporreó la puerta! —exclamó Danard como si le viniera el recuerdo—. Se había refugiado allí para llorar. Y tardaba tanto que Andy se fue a buscarla. Y, cuando consiguió que saliera, quisieron irse inmediatamente. Pero Miguel, que estaba fumado y no se enteraba de nada, propuso que oyéramos la maqueta todos juntos. Y yo le quité la idea. ¡Qué idiota! ¡Habría podido comprobar si se oía o no! Entonces Andy y Marianne se fueron.

—Thiago y Miguel se marcharon también enseguida… —dijo Sue—. Pero lo de ellos fue por tu culpa.

—Sí. No sé cómo lo hice, pero sé que acabé insultándolos también. La noche fue un despropósito.

—En esa mesa había de todo menos buenas intenciones —lo justificó Sue apartando la cara—. Querían chuparte la sangre, Danard.

—Thiago sí, desde el primer momento en que entró en nuestra vida. Era una sanguijuela, pero tenía talento, y le di la oportunidad de demostrarlo. Sin embargo, ¡Miguel no! —protestó con expresión de afecto—. Recuerdo que el pobre solo quería que grabáramos una de las canciones que había compuesto.

—Estaba allí por interés. Como el resto. Pero, bueno, Miguel me da absolutamente igual. Volviendo a Marianne: aunque matarnos no fuera su objetivo, eso no la exime del todo. De hecho —murmuró Sue con expresión aviesa—, nos sería muy fácil demostrar su culpabilidad. En nuestro frasco de somníferos deben estar todavía sus pastillas.

»Y ese bote, que se le debió de caer con los nervios —dijo señalando el frasco naranja tirado junto a la pared—, es la prueba definitiva de lo que hizo. Debe de haber pensado en él unas cuantas veces.

—Hoy, al darse cuenta de que estábamos presentes, de que podíamos comunicarnos con los vivos y decir la verdad de lo que pasó…

—… quiso recuperarlo.

—Quizá por eso estaba tan alterada. Debía de creer que sabíamos lo que había hecho y que íbamos a por ella.

Permanecimos un rato callados. Me quedé junto a ellos respetando su silencio. Danard y Sue tenían mucho que asimilar. Se notaba que estaban reconstruyendo mentalmente aquella cena. Intentando recordar. Encajando unos datos con otros…

Ya se había hecho de noche.

Poco a poco, empecé a notar el cansancio y le dije a Danard que me iba a dormir a su cuarto.

Él se quedaría un rato más abajo con Sue. Ella me sonrió con melancolía.

—Que duermas bien —se despidió—. Cuando viniste a la torre y me dijiste que querías ayudar, me burlé de ti —me comentó acercándose—. Pero tú has desencadenado todo esto. Has hecho que la verdad salga a la luz. Muchas gracias —concluyó mirándome fijamente—. No me he sentido tan viva en mucho tiempo.

Sentí que sus palabras me iluminaban por dentro.

—Me alegro de haber podido hacer algo por vosotros. Digo… —rectifiqué enseguida—, por ti.

Sue soltó una carcajada e hizo un gesto con la mano para quitarle importancia a mi error.

Nos sonreímos mutuamente.

Me dirigí hacia la escalera imperial. Necesitaba descansar, pero también quería un poco de soledad para aclarar mis emociones.

El amor y la admiración que sentía por Danard habían sufrido un revés. Le había estado poniendo los cuernos a Sue. Pero ¿por qué me sentía traicionada yo también? Era como si su deslealtad con ella me afectara de forma personal.

Además, le había sido infiel ¡con Marianne! Aquella figura maternal y simpática de mi adolescencia que ahora revelaba una doble cara del todo insospechada. Macabra.

Y Andrew… Me estremecí al recordar el momento en que se desplomó. La expresión de su cara. Instintivamente, llevé la mano a la altura de mi bolso, donde debía de estar mi móvil. Pero no. El bolso estaba en el invernadero. Y cualquier mensaje de Jackie, contándome si su padre estaba vivo o muerto, era inaccesible para mí.

Tendría que esperar al día siguiente.

Me froté la frente con preocupación.

«Mañana —pensé mientras me tumbaba sobre el edredón negro e intentaba relajarme—. Mañana todo será mejor», deseé. Recordé los versos de una canción que escribió Danard en su viaje a España: «Mañana nos traerá campanas nuevas».

Ring the bells that still can ring.
Forget your perfect offering.
There's a crack, a crack in everything.
That's how the light gets in.

Toca las campanas que todavía pueden sonar.
Olvida la ofrenda perfecta.
Hay una grieta, una grieta en todo.
Así es como entra la luz.

LEONARD COHEN

25

Campanas nuevas

Como el día anterior, me desperté al amanecer. Pero esta vez no seguí durmiendo. En cuanto recuperé la conciencia y recordé lo que había ocurrido por la tarde, se me aceleró el corazón.

Me incorporé. Oí a mi derecha:

—Alba, ¿es que tú siempre te levantas al alba?

Sonreí y me giré hacia él.

—Es este dichoso jet lag… Y las preocupaciones no ayudan. —De golpe, me vino a la cabeza algo que me había dejado impactada el día anterior. Se lo solté a bocajarro—: ¿Cómo pudiste ponerle los cuernos a Sue con Marianne?

—Yo también me lo pregunto. —Su voz sonó más lejos, como si se hubiera separado un poco de mí—. Fue una época mala, y Marianne me lo puso demasiado fácil. Empezó ella.

—Pareces un niño de ocho años: «Empezó ella»… Eso no es excusa. Para eso está la voluntad. Y la lealtad a los amigos. Andrew…

—Lo sé, y lo reconozco. Me dejé llevar. Tampoco me lo explico. Marianne estaba todavía más loca que Sue. Pero supongo que siempre he cojeado de ese pie. Era adicto a lo imprevisible. Y ambas lo eran.

Me pregunté por un momento si estar conmigo podía ser decepcionante en ese sentido.

—No quiero más locura, Sunrise —repuso como leyéndome la mente—. Tú me das otras cosas.

Dejó en el aire qué eran esas cosas. Por miedo a que no me gustasen, no quise saberlo. Cambié de tema.

—¿Qué tal has dormido? ¿Bien?

—A tu lado siempre estoy bien —respondió.

—Venga, eso ha sido una respuesta fácil. Puedes hacerlo mejor…

—¿Qué quieres que te diga? Es la verdad. Estar cerca de ti, a pesar de tener la barrera de tu cuerpo, me hace fuerte. Me da ganas… no sé si de vivir. Al menos de «estar». De seguir estando en este mundo.

Sonreí. Pero su última frase me hizo pensar en la muerte.

—Oye, me gustaría ir a comprobar mi móvil, que está en el invernadero. No sé qué ha pasado con Andrew. Seguro que Jackie me ha escrito.

—Vamos —me dijo sin dudar.

Bajamos las escaleras. Aunque no veía a Danard, sabía que estaba a mi lado. Cruzamos el salón y fuimos al invernadero. Inmediatamente saqué el móvil del bolso. Tenía un montón de mensajes de Jackie.

> Ya hemos llegado al hospital. Se lo han llevado a urgencias
>
> 7:34 PM

> Tenía una molestia fuerte en el pecho, pero ya hablaba
>
> 7:34 PM

Liam, mamá y yo estamos en la sala de espera

7:36 PM

Va a pasar la noche en la UCI con mamá. Yo no puedo pasar, pero me voy a quedar aquí, por si acaso hay una emergencia

11:43 PM

Además, sería incapaz de dormir...

11:43 PM

Liam va a pasar la noche conmigo en estas sillas de plástico

11:44 PM

Sinceramente, no sé qué he hecho para merecer su amistad 🖤

11:44 PM

Todo tranquilo en la sala de espera

3:05 AM

Liam está profundamente dormido. A veces va y suelta un ronquido espectacular, pero que no te lo imaginas de fuerte, y le tengo que dar un codazo 😆

3:05 AM

Ya me contarás qué está pasando en Gap in the Map 🔥🔥🔥

3:06 AM

Espero que al menos tú estés aprovechando…

3:06 AM

¡Buenos días, guapísima! Mamá ha venido a la sala de espera a hablar conmigo

6:18 AM

Me ha dicho que papá está estable, pero que todavía no está fuera de peligro

6:18 AM

Ha insistido en que me vaya a descansar. Ella no se quiere separar de él. Dice que prefiere que yo venga por la tarde, así que me voy a casa a dormir un rato 😴

6:18 AM

De paso llevaré a Liam a la suya. Tú no tienes prisa por que te recoja, ¿verdad?

6:19 AM

La llamé inmediatamente.

Jackie acababa de llegar a su casa.

Le pedí disculpas por no haber podido coger el móvil y le avancé que durante la noche habíamos hecho descubrimientos importantes. Se los contaría en persona. Jackie protestó, pero, al ser ella la hija de Marianne, no iba a ceder a sus quejas de ninguna manera. Me resultaba demasiado fuerte todo como para decírselo por teléfono.

Por último, nos organizamos. Ella no podría volver ese día a Gap in the Map. Y yo, si me iba a quedar en la mansión, prefería pasarme a la dimensión incorpórea, donde no tenía hambre ni sed y podía comunicarme con Danard y Sue más fácilmente. El problema es que hasta la mañana siguiente no podría coger el teléfono ni ver los mensajes.

Pero Jackie me dijo que no me preocupara. Hablaríamos después, cuando volviera a ser de carne y hueso.

—Que pases un buen día —me dijo.

—Un día magnífico —le respondí yo.

—Excelente.

—Soberbio.

—Insuperable.

—Absurdamente feliz.

—Con que mi padre salga del hospital, me conformo —comentó Jackie, con tono melancólico.

—Perdona, no he tenido nada de tacto —repuse, azorada.

—Bah, no te preocupes. Hoy del hospital no sé…, pero estoy segura de que papá saldrá de esta. Es fuerte como un toro. Ya lo verás.

—¿Me llevas al otro lado del espejo? —dije en voz alta dirigiéndome a Danard, dondequiera que estuviese.

—No. Todavía no —escuché—. Me gustaría que hicieras algo… ahora que todavía tienes cuerpo.

—¿Qué necesitas de mí? —le pregunté con curiosidad.

—Sue y yo estuvimos hablando anoche. Y queríamos pedirte que escondas el bote y el tapón de Ritalin en otro lado. Junto con las pastillas que se cayeron. Por si Marianne vuelve a recogerlo.

Tenía sentido. Asentí con la cabeza y me dirigí al baño. Me agaché, pero, justo en el momento en que iba a cogerlo, Danard gritó.

—¡Espera! ¡No!

Me levanté, asustada.

—Utiliza un trapo o guantes…, lo que sea. No queremos que tenga tus huellas… Eso lo complicaría todo.

—Tienes razón —murmuré mordiéndome el labio.

Hice lo que me había pedido y escondí el bote dentro de una maceta boca abajo que había en un rincón del invernadero. Según Danard, nadie miraría ahí.

—¿Ya? —le pregunté después de ocultarlo—. ¿Vamos al espejo?

—Aún no. Ahora necesito que hagas otra cosa…, pero para Ethan. ¿Podrías salir y cortar dos lirios de día? Sé que hay algunos en la linde del bosque. Según me dijo Sue, ese fue el regalo que él me trajo. Me gustaría hacerle también esa ofrenda para que me perdone.

Me quedé unos segundos callada intentando controlar el nudo que se me acababa de poner en la garganta.

—Por supuesto.

Miré a mi alrededor y vi que sobre una mesa había unas tijeras de jardinería.

—¿Traigo los lirios aquí, al invernadero?

—Eso es —dijo Danard.

Fui hacia la puerta principal y la abrí. Respiré el aire limpio y fresco de la mañana mientras me aproximaba a los árboles que estaban más cerca de la casa. Esa noche había vuelto a llover. Pero el día era espléndido. Los pájaros cantaban y la luz se filtraba entre las ramas creando una atmósfera feérica. Mientras buscaba con los ojos el brillo amarillo de los lirios, reconocí un petirrojo, que se quedó mirándome unos segundos, como si hubiéramos conectado. Fue especial. Después me salió al encuentro una ardilla rayada. Me estremecí al recordar la ardilla de la noche anterior.

¿Estaría Ethan por ahí?

Me puse a la tarea con más rapidez y la verdad es que no me costó mucho encontrar lirios. Hallé varios juntos, mojados todavía por la lluvia de la noche. Se estaban abriendo con los primeros rayos de sol. Una mariposa violeta llegó aleteando graciosamente y se paró en dos de ellos. Los había elegido por mí, eran los mejores.

Volví a la mansión y los llevé al invernadero.

—Gracias, Sunrise —murmuró Danard—. Por favor, déjalos encima del alféizar del ventanal roto, junto al tronco.

Hice como me había dicho. Con cuidado de no cortarme al pisar los cristales del suelo, los deposité suavemente sobre el granito blanco del alféizar.

—¿Voy ya hacia el espejo? —pregunté después—. Empiezo a tener ganas de desayunar y…

—Un momento más —susurró él—. Deja que te mire. Que me despida de tu cuerpo.

Me sonrojé. Bajé la vista para ver mi aspecto. Llevaba la falda y el top rojo que me había puesto para la cena con los padres de Jackie. La cena del tartar. La falda estaba arrugada, pero la camiseta me favorecía. Se pegaba a mis curvas sin exceso, realzando el pecho y la forma de la cintura. Mis piernas…, bueno, no estaban mal, la verdad. Me había vuelto a poner las sandalias de cuero, que me ayudaban a ir cómoda por la vida. El pelo debía de estar bastante despeinado.

—Desde luego, podrás decir cualquier cosa menos que te engaño. Soy lo que ves… Sin disfraz, sin maquillaje. Al natural —me reí—. Como las almejas.

Danard puso cara de no entender. Entonces recordé el título de una obra que había leído hace años: *En el cielo no hay almejas.* Después de los días dramáticos e intensos que estaba viviendo entre espíritus, se me escapó la risa.

—¿De qué te ríes? Yo también quiero reírme…

—De nada —le dije quitándole importancia con un gesto de la mano—. Me he acordado de algo, pero se perdería la gracia en la traducción. ¿Vamos al espejo?

—Vamos.

Enseguida me vi reflejada. Efectivamente, estaba despeinadísima. Danard apareció detrás de mí y nos miramos. Disfruté un momento de esa presencia más contorneada, más carnal, que tenía en el espejo. Era tan guapo que me costaba sostener la mirada, pero me esforcé por hacerlo. Él tampoco desvió la suya. Nos quedamos los dos contemplándonos en silencio. Era casi como si fuéramos dos personas de carne y hueso.

—Me estoy acostumbrando a ti —me dijo finalmente—. Cuando todo se acabe, te voy a echar de menos, Sunrise.

—A mí me pasa igual —afirmé mientras pasaba a la otra dimensión. Me di la vuelta para hablar con él de frente—. Pero esto podría acabar de muchas maneras. Algunas no son malas… Quizá incluso podría no acabar.

Danard levantó la ceja.

—Eres una optimista, ¿no? Ciegamente optimista —enfatizó.

—Bueno… Intento no pensar en lo que no me ayuda —respondí con media sonrisa.

Nos cogimos de la mano.

Disfrutamos de la sensación de estar unidos durante unos segundos.

—Ahora, si me permites, voy a hacer lo que tengo que hacer —dijo.

Me soltó y se dirigió a las ventanas rotas. Miró al exterior. Yo sabía que estaba buscando a Ethan.

—Al parecer, esta era su canción favorita —me explicó.

Acto seguido, comenzó a cantar para él proyectando la voz hacia el bosque. «Only You Know».

Solo tú me conoces.
Solo tú entiendes
el idioma del nudo que me aprieta.
Solo tú,
     lo que sé,
     lo que soy,
     lo que sabré.

Solo tú y las estrellas,
hilos de luz que me atáis a la vida.

«El agua se conoce por la sed»,
escribió Emily Dickinson.
Solo yo sé
a qué sabe la noche
cuando no sabe a ti.

Solo yo sé
el abismo que dejas
cuando sales de un cuarto.

Solo tú me conoces.
Solo tú,
        lo que sé,
        lo que soy,
        lo que sabré.

Solo tú sabes
el calibre
del vacío que me apunta a la cabeza,
la talla del dolor que me reviste,
el amor que me enciende
cuando estás,
cuando brillas,
cuando entiendes.

Solo tú me conoces.
Solo tú,
        lo que sé,
        lo que soy,
        lo que sabré.

Solo tú puedes enfrentarte a mi eclipse.
Solo tú miras de frente al sol.

Conforme cantaba, vi que la sombra de Ethan aparecía en la espesura. Poco a poco, fue saliendo del bosque y acercándose a la casa.

But in real life we do not die when
all that makes life bright dies to us.

Pero en la vida real no morimos cuando
se muere lo único que nos ilumina la vida.

Harriet Beecher Stowe

26

La talla del dolor que me reviste

Ethan vino hacia el invernadero.

Hacia las ventanas abiertas.

Hacia nosotros.

Bajó la vista a los lirios y caminó un poco más.

Se quedó parado, delante del alféizar, a medio metro de Danard, que fue bajando la voz según Ethan se acercaba hasta acabar cantándole en voz baja, íntima, aquellos versos.

Los ojos de Ethan, como dos charcos de sangre, estaban clavados en él igual que en un pilar. Y, aunque la expresión de su cara era impenetrable, en el movimiento de la energía que lo conformaba pude ver claramente cómo la canción lo removía, lo transformaba. Chispas brillantes se encendían por su interior y atravesaban, como pequeñas estrellas fugaces, su oscuridad de noche cerrada. Su presencia opaca se fue convirtiendo en una galaxia salpicada de puntos de luz, cada vez más claros, cada vez más lechosos. Una vía láctea temblando ante los lirios.

Al terminar de cantar, Danard abrió los brazos.

Ethan titubeó, sorprendido. Pero finalmente dio un paso adelante, luego otro más, y, a pesar del alféizar, lo abrazó a través del gran hueco que habían dejado los cristales rotos. Danard, más alto que él, apoyó la mejilla en su frente.

Ethan empezó a llorar. Una espiral de fuego blanco los rodeó, y dentro de la figura de Ethan las estrellas fueron creciendo cada vez más hasta acabar todo él hecho de luz, igual que Danard.

Minutos después, se separaron con delicadeza.

—Gracias —dijo Ethan haciendo el gesto innecesario de limpiarse las lágrimas.

—Gracias a ti —le dijo Danard—. Por venir a verme. Por traerme los lirios. Por tu… admiración.

—Admiración *y amor* —le dijo Ethan.

—Por tu admiración y por tu amor —repitió Danard enfatizando la última palabra.

Al cabo de unos instantes sin que ninguno de los dos supiera qué decir, me atreví a hablar yo:

—Ethan, soy Alba. Me han dicho que tu cuerpo —mi voz vaciló— está…

—… en la cueva —terminó él—. En uno de los túneles.

—¿Crees que debemos sacarlo de ahí para que descanses en paz? ¿Para que tu familia… también descanse? Si todavía albergan alguna esperanza de que estés vivo, deben de estar sufriendo.

Ethan asintió con la cabeza. Le ofrecí mi ayuda.

—Mañana volveré al mundo de los vivos y puedo avisar a la policía. Si me dices dónde está exactamente, podría decir que te encontré yo.

—Hay un laberinto ahí abajo —repuso Ethan—. No sabría explicar cómo llegar a él. Sin embargo, sé hacerlo. No me preguntes cómo, pero podría encontrarlo. Es como si hubiera un hilo entre mi cuerpo y yo.

Danard intervino en la conversación.

—¿Tienes padres, hermanos…? ¿Cómo llegaste hasta aquí? ¿Por qué… viniste a mí?

Ethan levantó la mirada hacia Danard. Sus ojos brillaban. Era la primera vez que había demostrado interés por él.

—Mi adolescencia fue mala —respondió—. De los trece a los quince años fui el marginado de la clase. Sobrevivía como podía gracias a las excursiones con los *scouts*; a la compañía de Ed, mi hermano mayor…

Ethan se detuvo. Danard hizo un gesto para animarlo a continuar.

—Pero en el instituto nadie hablaba conmigo. Me pasaba los recreos solo, leyendo al pie de un muro. Y guardando un secreto que me quemaba: ser homosexual. Pero el verdadero infierno estaba por venir. Una mañana, mientras me encontraba en clase, hubo un tiroteo.

Instintivamente, di un paso atrás.

—Un exalumno lleno de rencor entró en el centro con un fusil de asalto —prosiguió Ethan—. Fue avanzando por el pasillo disparando clase por clase. No sabíamos qué hacer. Fueron minutos de pánico. La profesora nos dijo que nos escondiéramos, y eso hicimos. Nos metimos en los armarios y debajo de los pupitres, esperando a que nos llegara el turno. A que entrara el asesino. Yo me refugié debajo de mi mesa y me abracé al libro que estaba leyendo, como si sirviera de algo. *La campana de cristal* se llamaba, nunca lo olvidaré —murmuró para sí.

»El tiroteo cada vez se oía más cerca. Pero, entonces, los disparos se triplicaron. Habían intervenido los guardias de seguridad, con sus propias armas. —Ethan se detuvo un momento, sobrepasado por la emoción—. El asesino no llegó nunca hasta mi clase —continuó—. Pero sí a la de mi hermano.

Me tapé la boca con la mano, horrorizada.

—¡No…! —exclamó Danard, casi sin voz—. Lo siento muchísimo.

—Fue muy duro continuar viviendo después de aquello. Para mis padres y para mí. Ellos se convirtieron… en fantasmas en vida, casi como yo ahora —dijo con la sonrisa más triste que he visto jamás—. Y yo… Yo me arrastraba. Nos pusieron en terapia, a los supervivientes y a las familias de las víctimas. Pero no es fácil superar algo así.

Clavó la mirada en Danard.

—Entonces fue cuando encontré tu música. Unos cuantos casetes en el cuarto de mi hermano. De alguna manera, escucharte era como estar con él. Además, identificaba mi dolor con el tuyo. Tu voz me consolaba. Me ayudaba a sobrellevar el vacío de Ed, la rutina sin él… La presencia lacerante de tantas cosas que dejó inacabadas.

»La casa entera se quedó tal y como mi hermano la vio por última vez —continuó—. Durante meses. Más de un año, tal vez. Mis padres no querían aceptarlo. Y yo… yo tampoco. Pero, dentro de mi desaliento, tus canciones me daban la energía que necesitaba para salir de la cama por las mañanas. Me ofrecían compañía. Un sentido, una meta, una estructura. Me daban cuerpo cuando todo yo era un pozo de bilis y lágrimas. Un deshecho de mí mismo.

—Y decidiste venir a mi casa —intervino Danard.

—Sí. Cuando descubrí los casetes, Sue y tú ya habíais muerto. Erais una leyenda. Pero quería darte las gracias de alguna manera.

»No podía ni imaginar que te… manifestarías. De hecho —murmuró como para sí—, lo que habría dado por que Ed se me hubiera aparecido también. Por tener una última conversación con él.

—Seguro que tu hermano fue directo a un lugar mejor. Nada lo debía de retener en esta tierra, como a nosotros. Nada malo, me refiero.

Ethan asintió.

—Te traje dos lirios. Un lirio era de mi parte…

—… y el otro, de la suya —conjeturó Danard.

Fue una de las mañanas más intensas que viví en Gap in the Map. La confesión del pasado terrible de Ethan y su transformación en aquel ser de luz no se me olvidarán nunca. Había sido todo muy visual, muy gráfico. Impactante.

Tampoco olvidaré la reacción posterior de Danard. La humildad con la que le pidió disculpas por haber reaccionado a su visita del modo en que lo hizo. Y, sobre todo, por ser el responsable de su muerte.

Inclinó el cuello ante él, abrumado por el peso de la culpa. Este levantó la mano y, atravesando con timidez el hueco de la ventana rota, la puso sobre la cabeza de Danard, como perdonándolo. Como bendiciéndolo.

Después, se dio la vuelta y volvió al bosque.

Danard y yo lo contemplamos callados. Pero el silencio duró poco tiempo.

—Yo también tengo algo que decir —escuchamos a nuestra espalda.

Era Sue.

Danard y yo nos volvimos.

—Susie —dijo él, con voz cálida.

—No sonrías —le pidió ella—. Lo que te voy a contar no te va a gustar. Pero es necesario que lo sepas.

Danard la miró con cara interrogante. Sue nos hizo un gesto y la seguimos, acompañados por varios de sus gatos.

Subimos la escalera imperial y caminamos por diferentes pasillos. Después, nos hizo ascender una escalera de caracol hecha de madera labrada con formas de enredaderas y flores.

—¿Nos estás llevando… al volcán?

Recordé que así llamaban al dormitorio que tenían en común durante las épocas felices.

—Al volcán… Al infierno… Como quieras llamarlo. Hay algo ahí que conviene salvar, pase lo que pase con la casa y con nosotros.

Entramos por la puerta entreabierta. La habitación era grande. La luz caía a raudales por el gran lucernario circular que había en el techo sobre nuestras cabezas.

A diferencia del cuarto de Danard, que se complacía en el color negro, y de la escalera que parecía salida de un palacio prerrafaelita, aquí todo era blanco. La cama, los muebles… Incluso había un cuadro de ese color donde el único toque cromático era la firma de Andy Warhol.

Sorprendida, me pregunté por qué el hermano de Danard no se había llevado aquella obra. Pero enseguida me fijé en la alcayata que revelaba el hueco de otro cuadro junto a este, probablemente más valioso todavía que el de Warhol.

Los rayos del sol de las doce caían directamente sobre la cama. Miré a Danard y me di cuenta enseguida de que tenía la cabeza perdida en los recuerdos.

—No vuelvo aquí desde…

—Ya. Yo tampoco —lo cortó Sue—. Pero no vamos a dejarnos llevar por la nostalgia, ¿verdad? Venid.

Tras esquivar con aprensión el ventanal, nos condujo hasta un rincón del cuarto donde había un gran tigre blanco de peluche. Junto a él, un oso polar más pequeño y un zorro ártico.

—Hablando de nostalgia… —dijo Danard—, tus peluches.

Sue se puso de rodillas. Hizo un sonido siseante.

Los gatos la rodearon.

—¿Qué estás haciendo?

Por la puerta comenzaron a entrar más gatos. Sue volvió a emitir aquel sonido misterioso y señaló al tigre.

Inmediatamente los gatos se abalanzaron sobre el tigre blanco, que estaba en posición de esfinge, y lo volcaron. Sue siguió siseando como un gato, una serpiente, un algo que se arrastra y amenaza, y los felinos comenzaron a arañar el pecho y la barriga del peluche. Deshicieron a base de zarpazos el suave pelaje del muñeco, rasgando la tela entre unos y otros hasta desgarrar los hilos de la costura central, que soltó un espeso vómito de algodón. Entonces, un par de ellos hundieron la cabeza en el interior, abriéndose paso con los dientes, y comenzaron a sacar la punta de algo. Algo marrón.

¿Era un cartón? ¿Papel de estraza?

—¡Un sobre! —exclamé.

—¡Mi maqueta! —dijo Danard, con los ojos muy abiertos.

—Así es —dijo Sue, como sin fuerzas—. Lo siento. Pero te lo merecías —sonrió con tristeza—. Pero lo siento —repitió—. Pero te lo merecías.

Los gatos lo depositaron en el suelo, delante de nosotros. Danard instintivamente hizo ademán de recogerlo y abrirlo, pero fue en vano.

—Es la bobina buena —aseveró Sue—. Esta sí. Te lo aseguro. No tiene la etiqueta que escribiste porque se la quité y se la puse a otra que estaba en blanco. Esa fue la que le diste a Andrew en la cena.

—¿Cómo me pudiste hacer algo así? —exclamó Danard, con rabia—. ¡No sabes lo que esto me importaba!

—¡Sí que lo sé! ¡Te importaba más que yo!

—¡Sí! ¡Más que tú! ¡Pero también más que yo mismo! ¡La música era el sentido de mi vida! Había pasado meses trabajando en solitario en esta maqueta, días y noches, ¡y me quitaste la recompensa! ¡Me arrebataste mi último éxito! ¿Cómo has podido ser tan rastrera…?

—¡Yo no te lo quité! ¡Te mataste tú solito a pastillas! Tenía la intención de devolverte el disco… en algún momento. Quién iba a pensar que no habría más momentos…

—Y has guardado el secreto todos estos años, sin decirme nada…

—Te odiaba. Pero, si te consuela, me odiaba a mí misma más por haberte querido tanto.

Tragué saliva.

Decidí intervenir.

—Sue, Danard, todavía no es tarde para que la maqueta salga a la luz. —Un largo silencio siguió a mis palabras—. Es como la harina —añadí mirando a Sue—, no caduca.

Sue sonrió.

—Podemos ponerlo en las manos de Andrew —continué—. Si sobrevive, claro…

—¿Para que financie la destrucción de mi casa? ¡Ni de broma! —repuso Danard.

—No —dijo Sue—. Lo he estado pensando. Esta maqueta tiene que salir de aquí ya. Pero no puede llevársela Andrew.

—¿Entonces quién? ¿Mi hermano? —preguntó Danard con sorna.

—No —respondió ella—. Yo se la daría a Alba.

Life is what happens to you
while you are busy making other plans.

La vida es aquello que te sucede
mientras estás ocupado haciendo otros planes.

JOHN LENNON

27

Otros planes

—A lo mejor os parece una locura, pero, con el dinero que va a generar, de sobra se podría comprar la mansión —prosiguió.

—Si Andy y Marianne quisieran venderla, claro —repuso Danard.

—Se les puede amenazar. Tenemos la prueba de que Marianne intervino en nuestra muerte.

—Interesante… —murmuró él—. Pero ¿cómo haríamos para que no acusen a Alba de robo? Según me dijo Jackie, todos los objetos que hay dentro de la casa pertenecen legítimamente a mi hermano.

«Ay, madre…», pensé recordando toda la documentación que había tenido que firmar para poder entrar en el país. Acabar en una cárcel estadounidense no era precisamente el plan que había soñado cuando decidí dejar el trabajo y cambiar de vida por completo.

—Pues lo que se me había ocurrido… —le dijo Sue a Danard— es que firmes el sobre con uno de los lápices o bolígrafos que quedan por la casa, dedicándoselo a…

—¡Alba no había nacido!

—¡Déjame terminar! A-sus-pa-dres.

—¿A mis padres? —no pude evitar exclamar. Sacudí la cabeza—. Todo esto es muy loco…

—Danard pudo haberlos conocido cuando fue de gira por España —sugirió Sue.

—Andrew sabe la verdad —repuso Danard—. Le pregunté ayer mismo qué pasó con mi maqueta.

—Da igual lo que sepa o lo que no. Si tu letra es tu letra, y los materiales con los que escribes son de la época…, el juez tendrá que aceptar que es auténtico.

—Se te ha olvidado algo importante: soy prácticamente incapaz de mover nada. Levantar un lápiz sería un logro. Pensar en escribir con la soltura y los trazos que hacía… ya es ciencia ficción.

—Yo creo que con un poco de práctica lo conseguirías —replicó Sue—. Has logrado todo lo que te has propuesto en la vida, ¿no? —le preguntó con media sonrisa.

Danard suspiró y asintió con la cabeza.

—La verdad es que sí. Pero tengo que pensarlo bien.

Yo también tenía que reflexionar.

¿Mis padres? ¿Que recibieran el disco y compraran la mansión de Danard? Era como meterlos en una película del género equivocado. Un género que no iba con ellos.

—No sé —murmuré—. También tengo mis dudas. Antes de liar a mis padres en algo así de gordo y complicado… lo tengo que sopesar bien.

Sue suspiró.

—Es la única solución que le veo. La maqueta es un tesoro. Hay que ponerla en las manos adecuadas. Y pronto.

—En eso estamos de acuerdo —dijo Danard. Después la miró y comentó con ironía—: Hablando del tema, ¿podrías decirles a tus gatos que la vuelvan a guardar en su sitio? No sea que la encuentre alguien por casualidad…

—Esto no es el metro de Nueva York —repuso—. Pero, sí, se lo diré.

Danard se dio la vuelta para irse, pero, de pronto, se volvió.

—Oye, ¿no habrás escondido nada más en el resto de los peluches, verdad?

Sue esbozó una extraña sonrisa.

—Lo cierto es que sí.

—¿Cómo? ¿Hay más sorpresas?

—Bueno, esto no es nada comparado con lo de antes.

—¿Qué es? —le preguntó molesto—. ¿Qué me has robado esta vez?

—No te lo he robado. Lo he salvado —replicó ella—. Es un trozo de Luna.

—¿De Luna? —repitió Danard—. ¿Mi Luna?

—Pues claro, ¿cuál va a ser, la de Neil Armstrong? —Sue puso los ojos en blanco—. Me sentí fatal después de romperla. Sé que tú te quedaste también con un pequeño pedazo. Yo no pude evitarlo tampoco. Este trocito guarda un poco de cómo éramos al principio. Lo metí en el interior del zorro. Del zorro ártico.

Volví la mirada hacia el muñeco, de suave pelo blanco.

—Bien hecho, Susie. Que su nieve preserve para siempre aquella época —susurró Danard con una sonrisa.

Danard y yo nos fuimos a su cuarto y nos tumbamos juntos en la cama cogidos de la mano. Seguíamos intentando asimilar muchas cosas y buscar soluciones.

Al cabo de un rato me empezó a entrar sueño. Estaba tan a gusto a su lado…, y debía de ser la hora de la siesta. Pero no quería dormir. Me rebelaba. Si no, al despertar, tendría que repetir toda la operación del espejo para volver a estar con él. Así que aproveché para preguntarle más cosas de su vida. De su leyenda.

—¿Me podrías contar lo que pasó en verdad con aquella «diosa» a la que le escribiste la canción «Gap in the Map»? ¿Cómo la conociste? ¿Quién era en realidad? ¿Una mujer de carne y hueso?

Danard giró la cabeza hacia mí.

—Lo siento, Sunrise, pero hay cosas que me pienso llevar a la tumba.

—Me temo que esta ya te la has llevado —me reí—. Por favor...

Danard negó con la cabeza.

—No. Hice un pacto con ella. Pero te responderé cualquier otra pregunta. ¿Hay algo más que quieras saber?

—A ver... —dije pensando—. Tu nombre. Aparte de ti, no sé de nadie que se llame así. Supongo que no es el nombre real que está en tu carnet de identidad.

—¿Carnet de identidad? Eso no existe en Estados Unidos.

—Pues en tu pasaporte. O en tu carnet de conducir. No es tu nombre oficial, ¿no? ¿De dónde salió?

—Fue cosa de Peter, mi hermano.

—¿De tu hermano? Pensaba que os llevabais fatal.

—De mayores sí. Creo que no supo manejar bien la envidia cuando me hice famoso. Pero no fue siempre así. Era mi hermano. De niños estábamos todo el rato juntos, para bien o para mal. Nos queríamos, nos peleábamos...

»Pero te respondo a la pregunta —continuó—. Cuando mi madre me regañaba por algo, y ocurría con mucha frecuencia, me llamaba por todos mis nombres: "¡Daniel Leonard Wilder!", gritaba. "¿Qué trastada has hecho esta vez?". Peter, que era dos años más pequeño que yo, la imitaba exclamando "¡Danard Widder!", con su lengua de trapo.

Me reí. Danard sonrió con nostalgia.

—A todos les hacía mucha gracia. Enseguida mi familia y amigos empezaron a llamarme también Danard. —Hizo una pausa—. ¿Tienes alguna otra pregunta?

—Déjame pensar... Lo de la camiseta. Hay muchas hipótesis sobre por qué llevabas una camiseta con la palabra «Moose» la noche de tu muerte. Si era un mensaje de despedida para tus fans, un símbolo…

—Bueno, para empezar, no pensaba que sería «la noche de mi muerte». Si no, me habría puesto otra cosa. Algo raro, distinto, extravagante… Un traje de astronauta o algo así —chasqueó la lengua—. Pero no, ahora que lo dices, puede que sí fuera la camiseta adecuada.

—¿Me lo explicas?

—Esa camiseta me la regaló Sam, un amigo del instituto que murió en un accidente de coche, con veintitrés años. Una noche que salimos por Boston, no sé por qué, acabamos hablando de alces. Debíamos estar ya bastante borrachos. Los alces cambian los cuernos en invierno. Su gran cornamenta cae con todo su peso sobre la nieve, y otra les comienza a crecer. Nueva. Distinta. Es parte de su ciclo de renovación anual.

»Años después, Sam vino a verme a Nueva York durante una crisis que tuve justo antes de publicar mi primer disco. Sue me había pedido tiempo porque no sabía lo que sentía, y yo en ese momento perdí el norte. Pasé semanas encerrado en el Chelsea Hotel. Entonces Sam vino a estar conmigo y me trajo la camiseta. La había hecho imprimir él mismo. Aquellos días con él en el Chelsea me ayudaron a levantarm… —se interrumpió porque a través del velo del dosel vimos llegar a Sue precipitadamente.

Su energía tenía un color morado intenso, de terciopelo oscuro.

—¡Venid! ¡Quieren acabar con nosotros!

Sin dar más explicaciones, salió a toda velocidad y comenzó a recorrer los pasillos y a bajar las escaleras. Escuchamos el ruido de un coche que aparcaba delante de la puerta. Danard y yo nos incorporamos y la seguimos con rapidez. No sabíamos qué pasaba, pero parecía grave.

A través de uno de los ventanales del vestíbulo vimos que era el Tesla de Marianne. Se bajó, acompañada de dos hombres.

—Thiago —murmuró Danard. Volvió los ojos hacia mí y me explicó—: Puse en sus manos el diseño y la construcción de Gap in the Map.

Asentí. Sabía de sobra quién era.

—Sue siempre decía de él que venía a cenar con su propio cuchillo.

—Lo sigo pensando —dijo ella.

Danard lo observó atentamente.

—En comparación con Andy, por él no han pasado los años —comentó.

—Habrá hecho un pacto con el diablo —murmuró Sue—. De él no me extrañaría. Pero el que me preocupa es el otro. El amigo que ha traído —añadió con un estremecimiento mientras veíamos cómo abrían la puerta y entraban al vestíbulo.

Era un hombre muy pálido, enteco, de mirada intensa. Tenía un alzacuellos.

—¡Un sacerdote! —exclamé.

—Sí. Viene a hacernos un exorcismo —aseveró Sue.

—A matarnos definitivamente.

Time is an ocean,
but it ends at the shore.

El tiempo es un océano,
pero acaba en la orilla.

BOB DYLAN

28

Mi casa es tu casa

Fueron directamente al comedor, que parecía el escenario de un crimen, con las letras de la palabra PIGS escritas con sangre en la ventana y los restos de la cena del día anterior aún en la mesa.

Thiago torció los labios con desagrado, pero el exorcista ni se inmutó. Comenzó sus preparativos, apartando los platos y cubiertos desechables de la mesa, y colocó en uno de los extremos un mantel blanco y ciertos objetos: una cruz de plata, un hisopo para rociar agua bendita, un rosario…

Todas esas cosas me eran familiares (mis padres y abuelos eran católicos practicantes), pero ahora me produjeron un escalofrío. Iban a servir para destruir a dos seres queridos. Y tal vez funcionaran.

Mientras el exorcista preparaba sus instrumentos, Marianne fue hacia el pasillo.

Sue me hizo un gesto para que la siguiera yo. Todos sabíamos a qué habitación se dirigía.

Efectivamente, entró en el cuarto de baño. Se arrodilló delante de la bañera y estiró el brazo todo lo que pudo para alcanzar el bote con las pastillas. El que habíamos quitado de allí.

Se la veía muy nerviosa. Como sus dedos no encontraron nada, atisbó en la oscuridad en vano y soltó un improperio.

—¡Joder, no está! ¡Lo han cogido! ¿Jackie? ¿Alba? —murmuró entre dientes.

En ese momento, un dolor muy fuerte me recorrió de arriba abajo, como un calambrazo de alto voltaje. ¿Qué me estaba pasando?

Aparecí, sin saber cómo, en el salón.

Estaba delante del sacerdote.

Con las manos extendidas y la cruz en una de ellas, aquel hombre murmuraba palabras en latín que me quemaban. Mi energía se estaba volviendo dolorosamente sólida. Se gangrenaba, haciéndose visible. A pesar de haber estudiado esa lengua varios años, no comprendía nada de lo que estaba diciendo. Lo que emitía el exorcista ya no eran palabras, eran llamas de fuego. Y cada una de ellas me provocaba un daño indescriptible.

Busqué ayuda con los ojos y vi que Sue y Danard me miraban con expresión de horror.

—¡Alba! ¿Qué te está pasando? —preguntó Danard.

—¿Quién es esta? —murmuró Thiago hacia el sacerdote—. No la he visto en mi vida. A ver si vuelve Marianne y nos lo explica. Pero no pares, sigue.

—¡NO! —exclamó Danard, furioso—. ¡Basta! Te regalé una fortuna por hacer mi casa cuando todavía no eras nadie. ¿Así me lo pagas?

Thiago y el exorcista volvieron la cabeza hacia él. Lo habían oído.

Danard se abalanzó contra el cura, pero pasó a través de su cuerpo.

Sue también quiso actuar. Comenzó a darle toques fuertes con el dedo contra la chaqueta y la cara. El sacerdote se sorprendió, pero la apartó como se aparta a una mosca molesta.

Empecé a encorvarme del dolor. Tenía la seguridad de que iba a morir si la agresión continuaba con aquella insoportable intensidad. No solo estaba haciéndome de carne y hueso. Me estaba quemando, desgarrando... descomponiéndome por dentro.

Caí de rodillas y no fui plenamente consciente de lo que pasó después. Pero, según me contaron, Ethan apareció en el ventanal que había manchado de sangre.

Sue lo llamó. Él sí era capaz de mover objetos. ¡Él podía acabar con aquella situación! Pero no hacía nada, a pesar de los gestos de Sue.

—No puede pasar —musitó ella agachando la cabeza mientras pensaba con rapidez.

¿Por qué no actuaba? ¿Es que no veía la gravedad de lo que estaba ocurriendo? Ethan hablaba, pero el cristal de la ventana amortiguaba sus palabras.

Danard y Sue corrieron hasta la puerta principal, que estaba abierta. Y entonces lo oyeron: no podía entrar en la casa, a no ser que Danard lo invitara a pasar.

—¡Pasa, Ethan, por el amor de Dios! ¡No te quedes en la puerta! —le dijo Danard—. *¡Mi casa es tu casa!* ¡Acaba con esta tortura! ¡Detén al exorcista como puedas!

Entonces Ethan entró como una bala, llegó al comedor y cogió el primer objeto grande que encontró, que era la guitarra de Liam. La alzó por detrás del sacerdote sin que este lo viera y le dio con ella un gran golpe en la cabeza.

Thiago, asustado, se volvió dando un grito y se apartó de él, pero el exorcista no se inmutó. Sus ojos hundidos parpadearon con desconcierto. Eso sí, un par de segundos después dejó caer la cruz de plata que tenía en la mano. Entonces Ethan le golpeó de nuevo con todas sus fuerzas, y, esta vez sí, la guitarra se rompió en pedazos sobre su cabeza y él se desplomó.

Al parecer, no fue el único que lo hizo. Yo también perdí definitivamente la consciencia.

Thiago llamó a Marianne a toda voz, y esta llegó corriendo y vio la situación. Se sorprendió mucho al verme, pero mi presencia confirmó sus sospechas: Jackie y yo teníamos algo que ver con lo que estaba pasando. Seguro que sabíamos dónde estaba el frasco de Ritalin de 1997.

Se arrodilló delante de mí e intentó despertarme. Y aquí, maldita sea, fue cuando yo, como una idiota, me equivoqué. No sé cómo pude, pero lo hice. La voz era la misma, la cara era tan parecida… que la confundí con Jackie.

Y cuando me preguntó si habíamos cogido algo, un bote de pastillas, que dónde estaba el bote —insistía—, que dónde lo habíamos puesto…, desde el dolor que todavía sentía y el aturdimiento del sueño en el que estaba hundida, pronuncié la palabra «invernadero».

Marianne fue directa para allá, pero, al pasar por delante de la puerta principal, la interceptaron Jackie y Liam, que llegaban en ese momento. Fue providencial.

Andrew estaba bien, lo habían pasado a planta y un hermano suyo había ido a verlo.

A raíz de un mensaje de Marianne, mi amiga había sospechado que tramaba algo que tenía que ver con la casa y sus habitantes. Algo nada bueno. Liam, por supuesto, se apuntó a ir inmediatamente.

Según me dijeron después, el encuentro entre Marianne y su hija fue un cóctel de sorpresa, recriminaciones mutuas y amenazas.

Mientras estaban discutiendo, Jackie oyó ruido en el comedor, miró a la derecha y me vio tirada en el suelo, al otro lado de las puertas correderas. Ella y Liam vinieron corriendo hacia mí e hicieron todo lo posible por despertarme.

Entonces Marianne aprovechó para escabullirse al invernadero a recuperar su bote de pastillas. Me desperté y —esto sí que lo recuerdo— le expliqué a Jackie como pude todo lo que estaba pasando: que su madre había venido a exorcizar a Danard y a Sue. Y que a mí casi me había matado por error.

Conforme hablaba con ella, el sacerdote se levantó, tambaleándose, y pasó por delante de nosotras. Con la ayuda de Thiago, fueron avanzando hacia el vestíbulo, huyendo ambos de los empujones de Ethan, que los iba dirigiendo a la puerta principal. «Nunca he visto una fuerza así», recuerdo que decía el cura, como justificándose.

Lo siguiente pasó tan rápido que yo, todavía aturdida, no me enteré. Me lo contó Liam.

Thiago, desde el vestíbulo, vio cómo Marianne entraba en el invernadero y, a pesar de lo asustado que estaba, corrió detrás de ella hasta agarrarla del brazo. Contra su voluntad, la hizo salir también de Gap in the Map sin que le diera tiempo a conseguir lo que buscaba. Afortunadamente.

Los tres entraron en el coche y se alejaron de allí en una nube de polvo y arena, como almas que lleva el diablo.

Esa noche, después de pasar por el ritual del espejo, hicimos una reunión en el salón. «Una reunión de espectros en una mansión encantada», pensé con ironía.

Danard, Sue, Ethan, Liam, Jackie y yo nos sentamos en el sofá y los sillones; había mucho de qué hablar.

Para empezar, Jackie no sabía nada del bote de pastillas de su madre. Ni de la implicación que había tenido Marianne en el desenlace fatal de la pareja. Yo esperaba que mi amiga lo discutiera, que la defendiera de alguna forma. Pero no. Jackie dijo que no le sorprendía. Su madre era capaz de eso y más.

Les contamos a todos que habíamos escondido la prueba, el bote de Ritalin con fecha de 1997, debajo de una maceta. Pero lo que ninguno de nosotros sacó en la conversación fue la aventura que habían tenido Danard y Marianne. No me correspondía a mí contarlo, y ni Danard ni Sue comentaron nada delante de todos. Pensé contárselo a Jackie más adelante, en privado, cuando se diera la situación.

Por otro lado, no teníamos ni idea de lo que iba a pasar a partir de ese momento. Danard confiaba en que Andrew, al salir del hospital, hiciera valer la amistad que habían tenido y los defendiera por encima del miedo y el odio de Marianne. Jackie volvería a hablar con su padre. Con sus padres. Y, según reaccionaran, podríamos pensar en sacar el as que teníamos en la manga: la maqueta.

—¿Qué maqueta? —preguntaron Liam y Jackie a la vez. Ethan tampoco sabía nada.

—Uf. Hay mucho de lo que hablar esta noche… —observé.

—Menos mal que algunos tenemos toda la eternidad —dijo Danard con una sonrisa.

Yo, en cambio, torcí el gesto. Tenía un mal presentimiento. Dada la animadversión de Marianne, y sus sospechas hacia mí, tal vez no me dejarían regresar a Gap in the Map cuando volviera a ser de carne y hueso. Quizá esa fuera mi última noche con Danard. Y tenía claro que no la quería pasar charlando en el salón.

Así que, en cuanto pude, le hice un gesto a Danard, que entendió perfectamente. Les dimos las buenas noches a todos y nos encaminamos hacia su habitación. Su habitación, que era ya NUESTRA habitación.

Los dos juntos.

Solos de nuevo.

Danard y yo subimos escaleras y escaleras y atravesamos largos pasillos hasta llegar allí.

Crucé el velo negro de la cama y me acomodé sobre nuestro edredón negro. Danard me siguió. Quería unirme a él en el sentido más profundo posible. Estar con él al máximo de mis posibilidades. Derribar los últimos muros que había entre nosotros.

Al ser espíritus, no eran muros carnales. No era sexo lo que necesitaba. La unión tenía que ver con los secretos que aún había entre nosotros: Danard todavía me escondía algo. Lo de aquella mujer. Aquella «diosa».

Sentada con las piernas cruzadas, insistí en que me lo contara, y volvió a negarse.

—¿Estás celosa? —me preguntó levantando la ceja con una sonrisa arrebatadora—. No tendría sentido que lo estuvieras. De esto hace mucho mucho tiempo. Más todavía que de lo de Marianne.

—Dime al menos si era una mujer —le pedí—. Una mujer de verdad.

—No —respondió.

—¿No me lo dices?

—No. Te estoy respondiendo: no era una mujer. Era una diosa. Lo decía bien claro en la canción.

—Pero ¿cómo es posible? ¿Una diosa diosa? —insistí.

—Ajá. Una diosa diosa.

No sé por qué me sorprendía. Si tenía pruebas fehacientes de que existían los fantasmas, ¿por qué no iba a creer que había diosas?

—Vale —murmuré. Pero todavía sentía más curiosidad—. Y, ya que es una diosa…, ¿no te podría echar una mano ahora? ¿Ayudarte a salir de este purgatorio en el que estás? Además, con los apuros que estamos pasando, digo yo que…

—Son los hombres los que siguen a los dioses, no a la inversa. ¿Por qué crees que me quedé roto, «más roto que mi mapa»? Si ella hubiera continuado a mi lado, no habría compuesto la canción. Pero tampoco habría conseguido el éxito mundial que tuve con ella… ni estaríamos aquí hoy tú y yo hablando. —Pensé que había terminado, pero continuó—: Sin embargo, a veces me parece encontrarla. Cuando algo me conecta fuertemente con la tierra o me hace sentir muy vivo. A veces me ha parecido ver su brillo en tus ojos. El poder de la diosa está en ti. Lo presiento cuando te miro. Y más aún cuando te toco.

Me sonrojé y bajé los ojos. Pero enseguida los levanté y le dije:

—¿Entonces me estás dando la razón? ¿Reconoces que el tacto puede vencer a la vista?

—Ajá —dijo acercando lentamente el rostro a mi cuello.

Su demora antes de tocarme con los labios me hizo estremecer de deseo, de anticipación.

—Y también tenías razón en lo de dormir solo —prosiguió—. Es mucho mejor dormir con alguien… que quieres.

Por fin me besó, debajo de la oreja, y hubo una descarga mutua de electricidad. Sentí que me encendía por dentro; y no fue solo de placer físico, había utilizado la palabra *love*.

—¿He oído bien? ¿Has dicho que me quieres? —le pregunté buscando también su cuello con mis labios.

—Te quiero —respondió, con un gemido de deseo, al sentir mi contacto—. Y dormir a tu lado, abandonarme en tu energía, perder la conciencia dentro de tu luz, es lo mejor que he hecho en treinta años.

Nos besamos. Con intensidad. Con pasión.

—No quiero dormir, Danard —murmuré entre beso y beso—. Ni esta noche ni nunca. Quiero que esto dure para siempre.

De pronto, Danard separó la cara de la mía.

—¡Todavía no te he tocado tu canción! Tu nana prohibida. «Forbidden Lullaby for Sunrise».

Sentí un vuelco de la emoción. Danard Wilder me había escrito un tema A MÍ. Una canción nueva. Aquello superaba todas mis fantasías adolescentes.

—Pero… —musitó mordiéndose el labio— me temo que la guitarra está hecha pedazos en el comedor. No sé por qué, mis guitarras suelen acabar así —sonrió—. No pasa nada. Puedo cantártela sin ella. —Se recostó sobre uno de los almohadones y me atrajo hacia él—. Apoyé la cabeza contra su pecho, abrazándolo. Los latidos acelerados de mi corazón recorrían mi cuerpo y el suyo de arriba abajo. Nuestra energía entrelazada.

Intenté tranquilizarme. En cuanto fueron más suaves, comenzó a cantar en inglés:

> *No te me duermas, Alba.*
> *Que no llegue la noche,*
> *el cuerpo de tu noche,*
> *a nuestra cama.*

No cierres aún los ojos.
No te lleves el sol a otros espacios
donde mi voz no alcanza,
a latitudes que el amor no toca.

No te vayas aún a un sueño ajeno.
No hagas de mí la cara oculta
de una canción perdida,
de un acorde de sangre,
de un echarte de menos.

No te me duermas, Alba.
Aguanta un poco al lado
de la sombra que soy,
la sombra que te ama.

No te duermas aún.
No te vayas tan lejos de mis manos.
No te me duermas, Alba.

Man muss noch Chaos in sich haben,
um einen tanzenden Stern gebären zu können.

Hay que tener dentro de sí un caos
para dar a luz una estrella danzante.

FRIEDRICH NIETZSCHE

29

Destrucción y creación

Tal y como decía la nana, no dormí esa noche. No estaba cansada. Me sentía despierta, alerta, enamorada. No quería perder la consciencia y dejar de sentir a Danard a mi lado. Perder su contacto. Su visión.

Hablamos de mil cosas. Pequeños sucesos que explicaban mejor de dónde veníamos cada uno. Me contó anécdotas de cuando vivía en la periferia de Boston. Historias que nunca había confesado a los periodistas. Yo le hablé de mi infancia en Madrid, de mi adolescencia en Miss Porter's, de las estrecheces económicas que pasé después y durante la universidad, trabajando por las mañanas y estudiando Filología por las tardes. Me esforzaba al máximo para sacar matrículas que hicieran gratuitas las asignaturas al año siguiente. Le hablé también de los tres años miserables que había pasado trabajando en una editorial. Y el salto al vacío que acababa de dar: dejarlo todo para escribir mis propios libros.

—Aquí en Connecticut la vida es muy tranquila. Te va a costar encontrar material de inspiración… —bromeó.

—Sí, eso me temía. Tendré que usar mucho la imaginación. Inventaré fantasmas en palacios encantados.

—Demasiado irreal. No se lo va a creer nadie.

—Lo importante es que guste. Y que yo disfrute escribiéndola. Seré autora de fantasía. O de terror.

—¿Qué tal si escribes una novela de amor?

—¿Amor? No sé qué es eso. ¿Me lo enseñas?

Danard acercó de nuevo sus labios a los míos.

—Acepto el desafío —susurró.

Me besó apasionadamente. Y la noche siguió rodando como un astro entre astros. Y nos acariciamos. Y nos reímos. Y volvimos a hablar de otras mil cosas. Y nos besamos. Y el amanecer me sorprendió entre sus brazos siendo todavía un espíritu. Y seguimos hablando y besándonos. Así hasta que los rayos del sol dejaron caer su luz dorada sobre las ramas del bosque.

Debían de ser las diez de la mañana cuando oímos un estruendo.

Y Danard dio un grito que parecía el rugido de un tigre.

Un tigre herido.

—¿Qué te pasa? —grité también, asustada. Se había encogido de golpe, como si fuera presa de un terrible dolor—. ¡Dime!

—Algo me está haciendo daño… —respondió—. ¡Está destruyendo la casa!

Volví a escuchar el estrépito. Piedra, metal y cristales rotos. Me levanté rápidamente para ir a la ventana abierta y desde allí vi a Thiago. Tenía una tableta en la mano y la manipulaba mientras levantaba la mirada constantemente hacia la mansión. Marianne, a su lado, asentía y le hacía comentarios. Parecía que estuvieran mirando un plano.

Pero ¿qué era aquello que seguía desgarrando el aire, haciendo añicos el silencio?

Asomé medio cuerpo para poder ver a mi derecha. Y vi que, en el otro extremo de la mansión, al suroeste, una gran excavadora destruía con su poderoso brazo el invernadero.

—¡No! —grité—. ¡Esto no puede estar pasando!

En ese momento apareció Sue, presa del pánico.

—¡Thiago nos destroza la casa! —exclamó. Su energía estaba revuelta. Era un torbellino turbio en el que se hundían sus ojos brillantes y asustados—. ¿Qué hacemos, Danny?

Danard levantó la cabeza. Tenía la mirada de un animal herido que solo quiere que lo dejen en paz. No pudo ni responder.

—¿Con quién podemos contar? —le pregunté a Sue—. ¿Están aquí Jackie y Liam? ¿Tienen cuerpo?

—¡Sí! Lo tienen. Pero, por mucho que he gritado, no he conseguido despertarlos —respondió Sue con angustia—. No reaccionan a los toques de mis dedos. Están profundamente dormidos. Yo también lo estaba hasta hace nada. Liam y yo…

—¡Llévame a ellos! ¡Corre! —la interrumpí.

Nos deslizamos a toda velocidad por el aire. Por primera vez, me di cuenta de que podía volar. ¡Podía volar! Hasta entonces, había estado repitiendo los movimientos físicos a los que estaba acostumbrada, pero mi espíritu tenía otras capacidades. No estaba necesariamente atado a la gravedad.

Ascendimos sobre escaleras y escaleras hasta llegar a la torre blanca. Encontramos a Liam tendido en la cama de Sue con los brazos abiertos. Relajado y feliz. Jackie, en cambio, estaba acurrucada en el sillón. La torre era tan alta que los ruidos de la excavadora llegaban muy amortiguados, como un zumbido monótono.

—¡Jackie! —grité mientras intentaba tocarla en vano. Ella ni se inmutó—. ¡Liam! —dije corriendo hacia él.

—¡Es inútil! —exclamó Sue con cara de frustración—. Nos acostamos tarde y luego nos despertamos de madrugada. Se han vuelto a dormir hace poco. ¡Están tan cansados que ni siquiera reaccionan!

—¿Y sabemos dónde está Ethan?

—Ethan… —murmuró Sue, con cara pensativa, como conectando espiritualmente con él—. No. No podemos contar con él. Está lejos.

«¿Lejos?», me pregunté. Pero no tuve tiempo de pensar en lo que querría decir.

—Sue, por favor —le pedí—. Tú puedes despertarlos. Estoy segura de ello. Mira a Jackie. Piensa que es Marianne. Se parecen, ¿verdad?

—Son iguales —confirmó esta.

Jackie llevaba puesto desde el día anterior un mono amplio de verano, de color kaki, con grandes bolsillos. Le sentaba muy bien. Estaba durmiendo hecha una bola, pero con la cabeza echada hacia atrás y la boca abierta. Parecía que nos estaba ofreciendo la mejilla provocadoramente. Me sentí un poco culpable, pero era lo único que se me ocurría.

—Venga, déjate llevar, Sue. Concentra tu energía. Demuéstrale a Marianne lo que sientes por ella.

Sue me miró, perpleja.

—Me estás hablando en serio, ¿verdad?

Antes de que pudiera decir que sí, ¡PLAF! Le dio una torta. Pero no una torta normal, fue un tortazo de película.

Mi amiga se despertó de golpe, con cara de susto.

—¡Qué pasa! —protestó mientras se incorporaba y sacudía la cabeza.

—Perdón —murmuró Sue a la vez que sonreía con placer—. Despierta, Marianne, digo… Jackie. Te necesitamos.

Jackie sí consiguió despertar a Liam zarandeándolo con fuerza. En cuanto estuvieron los dos de pie, les pedí que bajaran rápido a hablar con Thiago y Marianne. Pero a mí no podían oírme. Sue tuvo que hacer de intermediaria.

—Jackie, debes convencer a tu madre. ¡Tienen que parar lo que están haciendo! ¡Van a tirar la casa!

—El invernadero es una sala prácticamente aparte de la mansión —murmuró mi amiga reflexionando—. No tiene estructuras encima.

Me detuve a escucharla. Era lo más inteligente que le había oído decir aquellos días. La incité a que continuara.

—O sea que… —dije.

—O sea que… —repitió Sue.

—… que es fácil destruirlo sin amenazar los cimientos de lo demás. Aunque todo lo de la excavadora sea muy aparatoso, creo que no pretenden derribar la mansión. Además, serían estúpidos si lo intentaran de esta manera, con una simple excavadora. Así que puedes estar tranquila. Thiago y mi madre saben lo que hacen.

—¿Qué es lo que quieren conseguir entonces? —intervino Liam.

—Está claro: hacer daño. Deshacerse de Danard y de Sue. ¿Cuántos pies cuadrados hay que destruir para que mueran? Tal vez con el invernadero sea suficiente.

—Yo estoy bien —repuso Sue—. A mí no me está afectando.

—Menos mal —comentó Liam mirando hacia el lugar de donde provenía su voz. Ni Liam ni Jackie podían vernos.

—Esperad… ¡En el invernadero está el espejo! —Me di cuenta de golpe, con un nudo en el estómago—. ¡Hay que parar esto ya! ¡Sue! ¡Pídeles que abran la ventana!

Sue apretó los labios.

Entonces fui consciente de lo que le había pedido. ¿Cómo había podido ser tan insensible? Quise reaccionar. Titubeé. Pero Sue me sorprendió reaccionando con valentía.

—Liam, abre la ventana —dijo con firmeza.

Él la obedeció, y yo fui corriendo a asomarme. Abajo la excavadora seguía rompiendo cristales y arrancando los marcos de metal como si fueran hilos de alambre. Comenzaba ya a destruir el interior.

—¡Está avanzando muy rápido! —exclamé—. ¡Jackie y Liam deben bajar ya! ¡Hay que parar esta locura! ¡Tenemos que hacerlo por Danard!

Sue les transmitió mi mensaje mientras se acercaba a mí. Y, en cuanto se fueron, hizo algo que me dejó en shock.

Ella, que hasta ese momento se había mantenido alejada de todas las ventanas de la casa, se asomó a la misma desde la que se había defenestrado y saltó.

Me tapé la boca, asustada, y cerré los ojos instintivamente.

Un instante después los abrí y miré hacia abajo.

Sue, con el vestido de falda larga que llevaba la noche de su muerte, descendía con suavidad hacia la excavadora como una mariposa violeta.

Abandoné la ventana, un poco más tranquila. Entre unos y otros esperaba que pudieran resolver la situación. Decidí que, en ese momento, mi lugar estaba junto a Danard, así que volví a recorrer pasillos y descender escaleras hasta nuestra habitación.

Cuando llegué, no había nadie. Seguí atravesando más pasillos y bajando peldaños hasta llegar a lo alto de la escalera imperial.

Y allí lo encontré.

El dolor lo había hecho caer. Estaba doblegado. A cuatro patas. Su luz temblaba, debilitándose más y más con cada herida que la excavadora hacía al invernadero.

Me agaché para abrazarlo, pero rechazó mi contacto lanzándome una especie de zarpazo. Vulnerable como estaba, había confundido mi abrazo con otra agresión.

Levantó la vista con las mandíbulas apretadas y, al ver que era yo, se relajó. Musitó unas palabras de disculpa y me permitió que lo abrazara. Después se sentó en el suelo, dejándose caer, y yo con él.

Apoyó la cabeza en mi hombro.

Fuera había gritos, pero no me importaban. Sabía que mi lugar estaba ahí junto a él.

Intenté concentrarme en darle toda la energía de la que era capaz.

—Tienes que resistir —le dije.

—No pu… —murmuró mientras la máquina seguía haciendo destrozos—. No puedo más…

—Sí puedes —repuse—. Tómame. Absórbeme.

Danard levantó la mirada. Estaba exhausto. Pero en sus ojos vi cómo pasaba de la derrota a la inseguridad. En la inseguridad aún había esperanza.

«¿Estás segura?», me preguntó tácitamente.

Asentí. Sabía que no iba a hacerme daño.

Entonces agachó la cabeza y la apoyó contra mi corazón. Estuvo así unos segundos. Mis latidos palpitaban en su sien. Después llevó los labios a mi cuello y comenzó a absorber mi resplandor rojizo, deshaciéndome en hilos de luz camino de su boca. Por un momento sentí tal debilidad que recliné hacia atrás la cabeza, incapaz de mantenerla erguida. Él se enderezó levemente y me rodeó la cintura con los brazos, bebiéndome con ansia.

El movimiento constante de sus labios fue arrastrándome a una corriente de deseo. Un intenso vértigo que me recorría de arriba abajo, sostenida por él, mientras dejaba que me aspirara, y el bombeo, cada vez más acelerado de mi corazón, pasaba de mi cuerpo al suyo.

Poco a poco su fuerza, que había salido de mí, comenzó a regresar también a mí. Y la energía que sentíamos fue creciendo de forma inexplicable. Mi propio deseo por él me alimentaba, me hacía grande, eterna, poderosa.

Me fui poniendo en pie.

Danard separó los labios de mi cuello y se quedó de rodillas.

Bajó la mirada al suelo, con reverencia.

—Ella está en ti —susurró, casi sin voz.

Supe inmediatamente a quién se refería.

Durante esos instantes, el poder de la diosa, la madre tierra, la femineidad, la que se entrega y alimenta, la que enciende el mundo con un fuego que no quema, fuego dador de vida, se había encarnado en mí.

Le levanté la barbilla con la mano para que me mirara a los ojos. Después lo besé en los labios.

—Lo sé —le dije—. Vamos afuera.

I can't go on, I'll go on.

No puedo seguir adelante, seguiré adelante.

SAMUEL BECKETT

30

Confesiones

Cuando llegamos, el operario de la excavadora ya había huido, espantado por Sue. Había dejado la puerta de la cabina abierta y se alejaba corriendo con toda su alma por el camino de tierra.

Todo el frente del invernadero estaba destruido. El suelo de azulejos hidráulicos, o lo que quedaba de él, estaba lleno de escombros de piedra, metal y vidrio.

Jackie y su madre se gritaban la una a la otra. Danard y yo nos acercamos a ellas, amparados por nuestra invisibilidad.

—¡Eres un monstruo! —decía mi amiga.

—¡Te equivocas! ¡Intento defenderme… defendernos de ellos!

—¡No me incluyas en tu equipo! Ya sé lo que pretendes… ¡Matar definitivamente a los testigos! Pero Danard y Sue no son los únicos que conocen tu secreto. Alba, Liam y yo sabemos lo que hiciste aquella noche. Sabemos lo de las pastillas.

Thiago miró a Marianne con sorpresa.

—¿A qué se refiere, Marianne? —le preguntó con desconfianza.

—A nada —le respondió ella, tajante. Le lanzó una mirada a Jackie que cortaba como una navaja y replicó—: No tienes pruebas. Esta mañana entré a comprobarlo. ¡Lo has soñado todo! Y, además, mira. —Hizo un gesto con la mano hacia el aluvión de cascotes que antes era el invernadero. Levantó la cara con superioridad.

—Dios mío —le dije a Danard—. ¿Cómo he podido ser tan tonta de no cambiar el bote de lugar…?

—Se equivoca, señora Brooks —dijo Liam, con respeto, pero con firmeza—. Hay una prueba, y la tenemos. ¿Jackie?

Jackie lo miró. Tragó saliva. Me di cuenta de que mi amiga tenía un conflicto interno.

«No, no… No flaquees, por favor —murmuré para mí—. Haz lo correcto».

Un par de segundos después, Jackie metió la mano en uno de los grandes bolsillos de su mono kaki y sacó el bote naranja.

—¡Esa es mi chica! —exclamé.

Danard soltó un silbido de entusiasmo. Thiago y Marianne miraron en su dirección. Lo habían oído.

—Nos despertamos de madrugada —explicó Liam— y decidimos ir a cogerlo, por lo que pudiera pasar… Toda precaución es poca.

Marianne se abalanzó sobre su hija.

—¡Dame eso! —murmuró entre dientes.

Liam fue corriendo a proteger a Jackie. Thiago intervino también, pero esta vez no fue en auxilio de Marianne, sino para ayudar a sujetarla.

—Marianne —le dijo mientras la agarraba de las muñecas—. Vas a tener que aclararme muchas cosas. Por amistad, te puedo conseguir un exorcista en menos de veinticuatro horas ¡o acompañarte en esta locura de la excavadora! Pero ayudarte a encubrir un crimen… ¡Qué digo uno! ¡Dos! Eso ya son palabras mayores.

Marianne lo escuchó con atención, pero después siguió forcejeando para liberarse, hasta que pasó algo que la hizo detenerse de golpe.

Clavó la mirada en el vacío. Miré hacia allá. Lo que Marianne estaba observando con los ojos muy abiertos era una pluma. Una pequeña pluma que, de forma antinatural, avanzaba hacia ella por el aire.

La pluma que Liam le había regalado a Sue. De hecho, era Sue quien la dirigía, gracias a la energía estática.

Al llegar delante del rostro de Marianne y de Thiago, la pluma se detuvo.

—Pronto se os juzgará —pronunció Sue con voz alta y grave—. Pondrán vuestro corazón en la balanza y, si pesa más que esta pluma, os devorará la oscuridad.

Aquello los descompuso a los dos. El labio inferior de Thiago empezó a temblar.

—¡Fue un accidente! —repuso Marianne a gritos mesándose el cabello—. ¡Yo no quería llegar tan lejos!

Rompió a llorar, con desesperación, entre los brazos de Thiago. Pero Thiago la soltó como si quemara y echó a correr aterrorizado hacia el camino de tierra que llevaba a la verja.

—Allá va la sanguijuela —murmuró Danard.

Sue nos miró con una sonrisa triunfal. Yo alcé el puño hacia ella compartiendo la alegría de su victoria. Danard directamente se le acercó y levantó la mano. Sue vaciló un segundo, pero chocó los cinco con él. De la unión de sus manos salieron chispas de luz blanca y violeta.

Después Sue se acercó a Liam y le susurró algo al oído. Este giró la cara hacia ella y le dijo con orgullo:

—Eres una crack.

El color violeta de las mejillas de Sue se avivó.

Mientras ocurría todo esto, Marianne se había dejado caer al suelo de rodillas y seguía ahí, llorando, con expresión de derrota.

Danard se adelantó hacia ella.

—Marianne —le dijo proyectando la voz para que lo oyera bien. Ella levantó la vista—. No tengas miedo de nosotros. Aquella noche todo se nos fue de las manos. Sue y yo sabemos que no querías matarnos. —Hizo una pausa—. Yo, por mi parte, te perdono. La culpa también fue mía.

El llanto de Marianne, según escuchaba las palabras de Danard, fue haciéndose más calmado. Ya no contenía rabia. Las lágrimas seguían cayendo por su rostro de forma continuada, pero de alguna manera había paz en ellas. Sus labios mojados esbozaron una sonrisa, no exenta de dolor.

—Oh, Danard. Lo siento tanto…

—Yo también lo siento.

Hubo un silencio. Danard miró a Sue.

—Sue, ¿tienes algo que decir?

Sue se cruzó de brazos y volvió la cara hacia otro lado, con displicencia.

—Sue… —insistió Danard.

—Hablaré si ella también lo hace —replicó.

Marianne miró asustada en su dirección.

—Sí, Marianne. Sabes bien a qué me refiero —dijo Sue con tono de amenaza.

Marianne abrió mucho los ojos y se enjugó las lágrimas con la manga de su chaqueta.

—Andrew lo va a sufrir —repuso—. No se lo merece. No me perdonará nunca. Me dejará… —sollozó.

—Haberlo pensado antes —dijo Sue. Añadió, con retintín—: Hay que asumir los errores que uno comete, *baby*.

Marianne volvió a limpiarse las lágrimas.

—Jackie no fue un error —replicó sonriendo hacia su hija—. Una sorpresa sí. Pero no un error.

—¿De qué estáis hablando? —preguntó Jackie.

Marianne agachó la cabeza, como recalibrando lo que estaba a punto de hacer. Unos segundos después se levantó del suelo con torpeza. Metió el pie en el zapato de tacón, tambaleándose, y se acercó a Jackie.

—Cariño —le dijo acariciándole el brazo—. Eres hija de Danard.

Mi amiga abrió la boca.

—¿Qué estás diciendo, Marianne? —le preguntó él. Su luz parpadeaba. El desconcierto en su rostro parecía auténtico.

Marianne volvió la cabeza hacia su voz.

—Lo siento —respondió—. Te lo tenía que haber dicho. Me daba miedo lo que Andy pudiera hacer… Me habría dejado. —Su voz se quebró. Se quedó en silencio unos instantes para recuperar el aliento—. Sue lo sabía. No sé cómo lo adivinó, porque yo estaba embarazada de muy pocas semanas. Pero no hacía más que lanzarme indirectas delante de vosotros cada vez que estábamos juntos.

—Ahora entiendo muchas cosas —murmuró él.

Jackie buscó en el aire la presencia de Danard. El origen de su voz. Y se acercó a él.

—¿O sea que tú eres mi padre? —dijo—. ¿Soy la hija de Danard Wilder? —preguntó con una mezcla de confusión y orgullo—. Un momento, ¿te liaste con mi madre? ¿Cómo pudiste? —exclamó.

Sinceramente, no entendí bien si la pregunta de mi amiga era un reproche por su falta de lealtad hacia Andrew o un «¿cómo has podido caer tan bajo como para liarte con alguien así?».

Pero Danard parecía ajeno a la recriminación. Miraba a Jackie de arriba abajo como si estuviera contemplando un milagro.

—Jackie —dijo con dificultad. Le costaba hablar—. ¿Eres, de verdad…?

Se acercó más a mi amiga, sin que ella lo percibiera.

La expresión de Jackie fue cambiando conforme el silencio crecía a su alrededor. Del enfado pasó a la inexpresividad.

A pesar de que Danard sabía que no podía verlo, tendió la mano hacia ella.

La frialdad de Jackie continuó. Pero, de pronto, vi un destello de emoción en sus ojos. Los tenía muy abiertos. El brillo aumentó. Mi amiga hacía esfuerzos por no cerrarlos.

De forma instintiva, levantó la mano y la puso exactamente en el lugar donde Danard había colocado la suya. Después dejó caer los párpados. Al hacerlo, dos gruesas lágrimas bajaron por sus mejillas. Y Jackie sonrió.

—Sí, Danny —intervino Sue—. Es tu hija. —A continuación, miró a Marianne y pronunció en voz bien alta—: Marianne, te perdono. Por todo. Pero nuestra relación acaba aquí. No quiero volver a verte nunca más.

Pasaron unos segundos en los que la tensión emocional del momento se mantuvo como un acróbata en el vacío.

Pero yo no paraba de darle vueltas a algo en mi mente.

Algo que veía cada vez más claro.

—Entonces —murmuré—, si Jackie es de verdad hija de Danard, eso la convierte… ¡en su heredera!

—¡Su heredera! —exclamó Sue, sorprendida.

—¿Jackie es mi heredera? —repitió también Danard con incredulidad.

—¿Tu heredera? —preguntó Jackie con estupefacción—. ¡Oh! ¡Es verdad! Si soy tu hija…, ¡puede que esta casa me pertenezca!

Inmediatamente después, me buscó en vano con la vista y soltó una risita traviesa que me recordó mucho a la forma de sonreír de Danard.

—Alba, ¿te lo puedes creer?

La siguiente hora fue muy extraña, a medio camino entre lo sobrenatural y lo práctico: Jackie dijo que se haría la prueba de ADN lo antes posible para comprobar la paternidad de Danard. Pero acordó con su madre no decirle todavía nada a Andrew hasta que su corazón no estuviera preparado para recibir impresiones fuertes.

Después de eso, Marianne fue «cordialmente invitada» a salir de allí. Volvería al hospital y recogería de camino a Thiago, que, por mucho que hubiera corrido, no habría podido llegar todavía a la verja. Y al hombre de la excavadora, a quien debía acercar de nuevo a la mansión. Marianne le transmitiría que nadie le haría daño si recogía su máquina y se la llevaba inmediatamente de allí.

Nos quedamos todos esperando a que esto ocurriera. El obrero llegó, se bajó del Tesla de Marianne y saludó a Jackie y a Liam con aprensión. Se subió rápido a la cabina, murmurando sus oraciones, y se fue lo más ligero que pudo.

Jackie se montó también en su coche y fue a cerrar la verja en cuanto él pasara.

Cuando regresó, lo primero que nos dijo es que quería ver a su padre. A Danard. Hablar con él de espíritu a espíritu.

—¡El espejo! —exclamé de pronto volviendo los ojos hacia el invernadero hecho pedazos.

Atravesamos los escombros y nos dirigimos hacia el rincón donde solía estar, rodeado de cintas y enredaderas. Pero en la pared ya no había nada; las plantas estaban tiradas por el suelo, llenas de polvo y restos de cemento. Y el espejo… se había descolgado de su marco circular y estaba destrozado.

Se me cayó el alma a los pies, junto a sus pedazos. Aquellos trozos brillantes en la arena de derribo dolían como si cortaran: en cuanto me durmiera, no podría volver a ver a Danard.

Tu palabra es lámpara que guía mis pasos […].

SALMOS, 119

31

Luz en la cueva

No fui la única que se quedó observándolos con el corazón en un puño. Todos lo hicimos. Se había roto el camino que nos unía.

En realidad, siempre que Danard y Sue tuvieran fuerzas, podían hablarnos. Podían comunicarse con nosotros a través de la voz y un poco con el tacto. Pero pasar a la dimensión del espejo nos permitía verlos, conectar como energías de una forma más plena.

¿Habría otra manera, otro portal que nos permitiera entrar de nuevo en esa dimensión? ¡Tenía que haberlo! Danard clavó la mirada en mí y me cogió la mano. Su contacto me reconfortó, pero noté que él también tenía miedo. Miedo a perderme.

De golpe, un relámpago de luz violeta me hizo apartar los ojos de él. Algo le pasaba a Sue. Tenía la vista clavada en el techo, y su luz estaba emitiendo chispazos, sacudidas que estremecían tan solo de verlas.

—¿Qué te pasa? —le pregunté.

—¿Sue?

Sue no respondió.

—¡Susie, responde! —gritó Danard.

Jackie y Liam miraron a su alrededor, asustados. Ellos no veían nada.

—¿Qué está ocurriendo?

La luz de Sue vibró a toda velocidad, como las alas de un colibrí, volviéndola casi invisible. Un torbellino que duró larguísimos segundos.

De pronto, se detuvo. Sus contornos volvieron a definirse con claridad. Tenía cara de haber visto un fantasma. Más bien, un cadáver.

—Es Ethan —dijo—. Nos necesita.

Se dirigió inmediatamente hacia el salón.

—¡Está en la cueva! —gritó.

Todos la seguimos sin hacer preguntas.

Mientras bajábamos los trece o catorce pisos por la escalera de caracol recordé la historia de Ethan. La tragedia de su hermano. El dolor de toda la familia. Pensé en la muerte del propio Ethan, perdido en los túneles por debajo del bosque. Evoqué sus palabras: «Es como si hubiera un hilo…».

—«… entre mi cuerpo y yo» —dijo Sue acabando mi pensamiento en voz alta, unos metros por delante de mí—. Ethan ha ido a buscarse a sí mismo. Y se ha encontrado.

Sue, Danard y yo llegamos antes que Jackie y Liam, que tenían que bajar en carne y hueso, a pie, aquellas escaleras.

Volví a sentir el frescor bajo la tierra y el rumor del agua subterránea.

Cuando estuvimos todos juntos, Jackie encendió la linterna del móvil. Liam también, y sacó además una pequeña linterna de mano que llevaba como llavero. Sus focos se perdieron en la oscuridad, pero dejaron entrever el comienzo de la cueva hasta la orilla del lago.

Ambos abrieron los ojos, sorprendidos por aquella belleza.

—¡Qué pasada! —exclamó Jackie apuntando también hacia el techo.

—No me lo puedo creer. ¿Esto ha estado aquí siempre? —preguntó Liam.

—Ajá —dijo Danard—. Pensaba que Sue ya os había enseñado la gruta. ¿No os ha hecho la visita oficial?

—No estamos para bromas, Danny —dijo Sue—. Está pasando algo muy serio.

Danard la miró interrogativamente.

—Ya os he dicho que Ethan ha encontrado su cadáver. Está intentando sacarlo de los túneles.

—¡Está cargando él mismo con su cuerpo! —repitió Jackie tapándose la boca.

Sentí horror de pensar en el estado en el que lo habría encontrado. Llevaba alrededor de veinticinco años dentro de aquella sepultura húmeda.

—Sí. Lo está sacando él solo —asintió Sue—. Lleva su cuerpo en brazos. Pero, además, se ha perdido. No puede salir. Noto que está dando vueltas en círculos. Y está asustado. Siento su miedo. Ethan está volviendo a revivir las pesadillas que lo atormentaron esos últimos días en las tinieblas mientras moría de hambre y de sed.

—¡Qué espanto! —exclamé—. ¡Pobre Ethan!

—¿Qué podemos hacer, Sue? —le preguntó Liam.

—Ayudarlo a vencer a su yo más oscuro. Y a encontrar la salida —respondió ella sin dudar.

Liam avanzó y dirigió la luz de sus linternas todo lo que pudo hacia el fondo del lago, de donde partían las bocas de algunos túneles.

—¿Vamos a buscarlo?

—No. Nos podríamos perder nosotros también. Hay que atraerlo hasta aquí. Hasta el lago.

Jackie juntó la luz de su linterna con las de Liam para crear más luz.

—Danard —dije yo entonces—, tu música fue una tabla de salvación para Ethan. Quizá, si cantas lo suficientemente alto, consiga escucharte desde donde quiera que esté.

Él asintió con gravedad.

—El eco de la cueva amplificará mi voz.

Caminó él también hacia la orilla del lago. Su resplandor blanco iluminó los primeros metros de agua.

Se quedó un minuto pensando, con la cabeza agachada. Después se enderezó y se puso a cantar. Empezó por la canción de Ethan, la que lo había incitado a salir del bosque. «Only You Know».

Tenía razón, sus palabras resonaban con fuerza por la enorme cavidad y se propagaban por los túneles, a izquierda, derecha, al fondo…, provocando ecos inesperados, versos que volvían al centro de la cueva desde otros lugares y se incorporaban al hilo de la canción, varias frases después de aparecer.

A «Only You Know» la siguió «Hearth of Hearts», «Open Book», «Take off Your Tie»… Danard estaba dando un concierto en solitario, sin instrumentos, a capela, con toda la potencia de la que era capaz, para llegar hasta Ethan.

En cierto momento, cuando llevaba ya más de diez canciones, vi que su luz comenzaba a flaquear, y me acerqué a él desde atrás. Puse la mano sobre su hombro. Al tocarlo, su resplandor se intensificó de nuevo.

Además, en aquella semioscuridad de la cueva donde todavía brillaban las linternas de Jackie y Liam, nuestras dos luces unidas duplicaron, triplicaron, su potencia.

Y el lago las multiplicó.

Entonces Sue, que había estado concentrada mandándole fuerzas, se acercó a nosotros también y me cogió de la mano. Cuando sumó su luz a la nuestra fue como si en la cueva se hiciera de día.

Las texturas de la piedra, las estalactitas que colgaban del amplio techo de la gruta, las cortinas y encajes de caliza, la colmena… todos los rincones ocultos y misteriosos quedaron al descubierto.

—Impresionante —dijeron Jackie y Liam, asombrados. La energía que proyectábamos era tan fuerte que hasta ellos podían verla.

Se perdía por las bocas de los túneles. Se reflejaba como un espejo por los pequeños arroyos que los recorrían. Ojalá llegara lejos.

Danard comenzó a cantar mi nana, «Forbidden Lullaby for Sunrise».

Al terminar, siguió con «Before Sunset» y otras canciones de su primer disco.

Entonces nos pareció oír algo en la distancia. Un gemido. Un grito amortiguado. Una llamada.

—¡Ethan! —gritó Sue—. ¡Camina hacia la luz! ¡Sigue la voz!

Danard comenzó a cantar con más volumen, y Sue se unió a él. Después yo. Y Liam. Y Jackie. Era un tema que conocíamos de sobra: «Gap in the Map».

El sonido de nuestras voces lo inundaba todo. Reverberaba en el agua.

Los gritos de Ethan se hicieron más fuertes. Nos llegaban con mayor claridad. Ethan nos llamaba por nuestros nombres. A veces incluso parecía que cantaba partes de la canción con nosotros.

Finalmente, una figura apareció lo lejos, en el túnel junto a los arrecifes de coral de piedra.

—¡Ethan! —grité echando a correr hacia él.

Ethan lloraba y sonreía a la vez. Llevaba su cuerpo en brazos, acurrucado como un niño pequeño. Pasó la mirada sobre cada uno de nosotros, con amor y gratitud. Depositó su cadáver con suavidad en el suelo mojado y se arrodilló. Estaba agotado.

Pero entonces su luz, al contacto con el agua del pequeño arroyo que salía del túnel, se disgregó en estrellas, miles de estrellas, y comenzó a derramarse hacia el lago, acariciando el contorno de su cuerpo inerte.

Sobre la cabeza de su espíritu brilló una especie de fuego fatuo durante unos segundos. Ethan clavó los ojos hacia arriba, como presa de una visión que nosotros no podíamos alcanzar, y su figura luminosa se deshizo definitivamente en el agua.

Al cabo de unos instantes, del centro del lago salió un rayo vertical que nos cegó a todos. Después desapareció.

Nos quedamos en silencio.

—Ethan ha encontrado ya la paz —dijo Danard—. Se ha reunido con su hermano.

—Y con sus padres —añadió Sue—. Ellos también están allí.

Danard la miró interrogante.

—No sé cómo lo sé, pero lo sé —respondió ella.

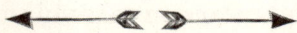

Lentamente y en silencio ascendimos las escaleras que llevaban al salón. Jackie y Liam tuvieron que parar a descansar varias veces. A mí, subir me costó mucho más que en la ocasión anterior.

Al llegar arriba, me senté a esperarlos. Pero, en cuanto me dejé caer en el sofá, me pasó factura todo el cansancio atrasado. Mi corazón empezó a latir despacio, y mi luz rojiza, a flaquear.

«¿Qué está pasando?», me pregunté. Era como si comenzara a perder el dominio de mi cuerpo o, más bien, de mi alma.

Hasta entonces había tenido sueño muchas veces, pero tenía la situación bajo control. Era tan solo sueño. Esta vez no. Me apagaba. Miré a Danard y a Sue con angustia.

—Necesitas dormir —respondió Sue mirándome preocupada—. Parece que tu energía está llegando al límite de su tiempo en esta dimensión.

Danard pasó su brazo alrededor de mis hombros.

—No quiero que te ocurra nada malo, Alba. Si tienes que dormir, deja que te acompañe.

Me ayudó a levantarme.

—Pero es probable que no vuelva a estar con vosotros así. A veros… —protesté mientras me ponía en pie.

—Si no duermes ahora, quizá haya consecuencias graves. No lo sabemos —murmuró sacudiendo la cabeza.

Sentí un nudo en la garganta.

—Gracias por todo, Sue —le dije.

—No, gracias a ti —me respondió, y añadió levantando la ceja—: Gracias también por haber traído a Liam.

—Me temo que la culpable de eso es Jackie… —repuse sonriendo.

—Descansa, Alba. Que duermas bien —se despidió.

Asentí y caminé hacia la puerta del vestíbulo con la ayuda de Danard. Al llegar allí me volví para mirarla. Intenté retener su imagen, por si era la última vez.

—No te preocupes —me susurró Danard mientras retomábamos el paso—. Sue puede comunicarse con los vivos, con los muertos… ¡No hay bicho viviente que se le resista!

Solté una carcajada.

Llegamos a la escalera imperial. En el estado en el que me encontraba, era como escalar el Everest. Y había muchos más tramos de escaleras esperándome antes de llegar a nuestro dormitorio.

Levanté el pie para subir el primer escalón, pero Danard, de repente, me cogió en brazos.

—¿Me permite, señorita?

Me reí, sorprendida y aliviada.

—Por supuesto que sí —respondí con un suspiro. Apoyé la cabeza en su hombro y me dejé llevar por él sintiéndome la mujer más afortunada del mundo.

Presiento que tras la noche
vendrá la noche más larga,
quiero que no me abandones,
amor mío, al alba.

Luis Eduardo Aute

32

La noche

La habitación estaba iluminada por el sol del mediodía. No era de noche. Pero en mi interior comenzaba a anochecer.

Muchas personas que han perdido miembros dicen que todavía los sienten. Cuando se duchan, les parece que resbala el agua por ellos. Incluso les duelen.

A mí me dolía Danard. Todo él era yo. Todo él estaba en mí, convertido en ausencia anticipada.

Me dejó con cuidado sobre el edredón negro y se acercó un momento a la ventana, con las manos detrás de la espalda.

—Siempre pensaré en ti con la primera luz del día —me dijo.

—Ven a mi lado —le pedí.

Me obedeció. Se tumbó junto a mí y me dio la mano.

Sentí tanta paz que me quedé dormida.

Desperté con el sonido de un gran trueno.

Abrí los ojos y miré mi figura. Sí. Era una realidad. Había vuelto a tener cuerpo, y lo odiaba. Todavía llevaba puesta la camiseta roja y la falda corta del otro día.

Sentí un nudo en la garganta.

Un relámpago iluminó la habitación, y el viento sacudió las hojas de la ventana abierta. El aire estaba cargado de electricidad.

Se me escapó una lágrima de rabia.

—No llores, Sunrise. —Escuché, pero no vi a nadie. Por la distancia a la que sentía su voz, sospeché que Danard estaba frente a la ventana.

Un trueno volvió a hacer temblar el cuarto.

—«¿Qué esconde la tristeza de la lluvia?» —preguntó.

Era uno de los versos de la canción «Antes de que anochezca». Recordé mi respuesta.

—«Un tren que descarrila hacia tu nombre» —recité sin dudar.

—Descarrila hacia ti, Alba —repuso.

Cuando volvió a hablar, un minuto después, ya no estaba tan lejos.

—Te quiero —me dijo—. Cada átomo de ti. Cada quark. Cada… —Se detuvo un momento—. ¿En qué se medía la energía? ¿En vatios? Ya ni me acuerdo. Se me daba fatal Física y Química… —titubeó—. Lo que estoy intentando decir, lo que me gustaría que supieras… es que te quiero entera. Todo lo que te conforma: la materia que te envuelve, que hace que te muevas con esos gestos tuyos que me encantan; tus curvas, que me vuelven loco; tu luz; tu risa, tu fuerza.

Entonces, el velo del dosel tomó la forma de Danard. Estaba de pie, delante de la cama. La tela se había pegado a él, como si estuviera mojada, y revelaba su perfil, su volumen, su torso… Parecía que verdaderamente había un cuerpo detrás.

—Yo también te quiero —respondí mirándolo—. Te lo dije el primer día. Te he querido desde que soy quien soy. Tu mundo interior —le confesé— me ha acompañado mientras descubría quién era. Mientras decidía quién quería ser. Te quiero y te deseo, Danard Wilder.

Danard avanzó. Las ondas de la tela lo siguieron. Pero, cuando pasó, no pude ver más que aire. Y, sin embargo, sabía que estaba ahí.

—Sé que tu cuerpo no es una despedida —me susurró desde muy cerca—. Puede ser un camino. Una vía a otras maneras de comunicarnos.

—Qué optimista.

—Ciegamente optimista —añadió—. Como ves, aprendo rápido.

—La última vez que te oí decir eso, era en relación con otra cosa. Tenía que ver con el tacto… Y pensé que ibas a hacerme una proposición.

—Pues creo que hoy la voy a cumplir —dijo con tono seductor. Entonces escuché suavemente en mi oído—: ¿Notas la electricidad estática?

Asentí. Era envolvente. Casi tangible. De hecho, mi cabello había empezado a levantarse y apuntaba hacia la dirección de su voz. Hacia él.

—Voy a probar… A ver si puedes sentir esto.

Me acarició el tobillo y fue subiendo hasta la rodilla. Allí sentí un beso, lento. Exhalé un pequeño suspiro. Continuó besándome desde la rodilla hasta el muslo. Después ascendió hasta mi vientre y me besó el ombligo, demorándose con reverencia y provocándome un estremecimiento de deseo.

De pronto noté su peso, que era a la vez una corriente de energía, cubriéndome por completo. Danard se había tumbado sobre mí.

Gemí. Abrí con la mano el vuelo de la falda y separé lentamente los muslos.

Danard empezó a abrirse paso hacia mi interior provocándome suaves destellos de placer. De alguna manera lo estábamos haciendo. Su cuerpo invisible ahondaba dentro de mí, me penetraba como un hombre de carne y hueso.

La electricidad que había en el aire facilitaba el contacto de una manera muy real. Cerré los ojos para sentir con plenitud su presencia íntima.

Me acarició los brazos y, al llegar a mis manos, entrelazó sus dedos con los míos y me besó en los labios. Un beso lento, sentido, como aquel de mi sueño. Un beso capaz de hacer que se detuviera el reloj del camerino y todos los relojes del mundo.

Comenzamos a movernos en un delicado vaivén que aumentaba su presión sobre mí y me encendía. La sensación física era cada vez más intensa. Sentía que estábamos llegando a ser uno. Que éramos uno. «Lo somos, Sunrise», susurró en mi oído. Y, volcándonos el uno en el otro, llegamos los dos al punto máximo, al clímax, galaxias entrechocando, estallando juntas en un *big bang* de estrellas y planetas en éxtasis.

Después, silencio.

Abrí los ojos.

—Definitivamente, lo he sentido —le dije buscándolo con la mirada.

—Yo también —respondió.

Aunque no podía verlo, sabía que él también estaba sonriendo.

Salí de allí con Jackie de madrugada, cuando escampó la tormenta y cesó la lluvia fina que había estado cayendo toda la noche.

Me bajé un momento del coche para abrir la reja. Levanté la cabeza y, al leer una vez más las letras oxidadas de la cancela, fui consciente de lo profético de sus palabras. Efectivamente, salía de allí dejando el corazón.

No sabía qué ocurriría a partir de ese momento.

Jackie tampoco.

Pero iríamos paso a paso. Resolviendo los problemas uno a uno.

Y nos teníamos la una a la otra.

Apoyé la mano sobre la suya, que estaba en la palanca de cambios, y nos miramos con una mezcla de complicidad y melancolía.

A nuestras espaldas, el tigre blanco ocupaba todo el asiento de atrás.

Jackie arrancó el coche de nuevo.

El antiguo Jaguar de su padre, quiero decir, de Andrew, nos fue llevando por la oscura y serpenteante carretera hacia el amanecer.

Who lives, who dies, who tells your story?

¿Quién vive, quién muere, quién cuenta tu historia?

LIN-MANUEL MIRANDA

33

Al alba

Los días siguientes de mi estancia en Connecticut estuvieron marcados por Ethan.

Avisamos a la policía de que habíamos descubierto su cuerpo, y volvimos a Gap in the Map para conducir a los agentes al sitio exacto de la cueva donde lo habíamos dejado.

Eso fue lo que dijimos: lo habíamos encontrado en las profundidades de uno de los túneles y entre las dos lo habíamos llevado al centro de la cueva, envuelto en una manta que cogimos de la mansión.

Les costó creer que hubiéramos tenido las entrañas de cargarlo nosotras mismas, pero esa fue nuestra declaración, y, a falta de otra explicación más razonable, la aceptaron. El informe forense confirmó que había muerto por hambre y deshidratación en 1999. Caso cerrado.

Cuando llamaron a los padres de Ethan, descubrieron que ambos también habían fallecido. No quedaban familiares cercanos a quienes dar la noticia. Eso sí, fue pasto de las redes sociales, las cadenas de televisión y la prensa del corazón.

Pero por encima de la frivolización de su historia en los medios, atraídos por el morbo, de lo desagradable de la investigación policial y de lo desolador de toda la parafernalia práctica que tuvimos que realizar en torno al cadáver, me consoló pensar en lo que habían dicho Sue y Danard: Ethan, su hermano Ed y sus padres descansaban por fin en paz, unidos en la luz.

Las pruebas de ADN fueron positivas: Jackie era verdaderamente hija de Danard Wilder.

Pero el tema de la herencia no fue tan fácil como inicialmente habíamos pensado. A pesar de que todas las personas implicadas colaboraron con Jackie de buena voluntad (Andrew, Marianne y Peter, el hermano de Danard), el caso tuvo que resolverse en los tribunales, dada su complicación.

La mansión se había vendido cuando todavía no se sabía que Jackie era la legítima heredera, como tantas otras cosas que había subastado Peter. La ley en Estados Unidos no tiene carácter retroactivo, así que, en principio, la venta había sido válida y la casa pertenecía a Andrew y Marianne Brooks, sus compradores.

Sin embargo, dos factores inclinaron la balanza a favor de mi amiga: el primero, que la compraventa era todavía muy reciente. Había ocurrido menos de un mes antes de la reivindicación de paternidad por parte de Jackie. Y, segundo, el hecho de que Marianne, que era parte involucrada, supiera que su hija era la legítima heredera de la casa, no Peter, y hubiera decidido callar.

Debido a estas dos cosas, la sentencia declaró a Jackie propietaria de la mitad de Gap in the Map, así como de todos los objetos que aún quedaban en su interior.

Andrew le regaló a Jackie la otra mitad de la mansión en un gesto de generosidad.

—El ADN puede decir lo que quiera, que para mí tú siempre serás mi hija —le dijo a la salida del tribunal.

Había decidido jubilarse y llevar un tren de vida más relajado. El infarto le había abierto los ojos a otras realidades.

Sorprendentemente, su matrimonio con Marianne siguió adelante. Parece ser que la perdonó, y se fueron a rehacer su vida a la costa oeste, al eterno verano de Los Ángeles, en una inmensa casa con piscina y una extensión de césped fino e impoluto.

Después del fallo del tribunal, Jackie y Danard tomaron la decisión de publicar la maqueta del disco de forma independiente. Harina Records, bautizaron su sello discográfico, pues, ya se sabe, la harina no caduca… Con los ingresos, reconstruirían el invernadero y harían las reparaciones necesarias en la mansión para que recuperara su antiguo esplendor.

El disco de Danard ya no se iba a llamar *Guilty of You*, sino *Before Sunrise* (Antes de Alba).

Pero esa es otra historia.

Mi propia historia. Porque, llegados a este punto, a caballo entre una aventura y otra, es cuando decidí coger las riendas de la narración y contar lo que había vivido. Contarlo a mi manera, desde la habitación que escogí para mí (una suite luminosa con vistas al bosque) y gracias al ordenador de último modelo que me había regalado Jackie.

Mi nuevo trabajo como administradora y ama de llaves de Gap in the Map me dejaba tiempo de sobra para la escritura y para descubrir nuevas habilidades.

Pero también para comenzar una vida en común con Danard Wilder.

Porque… ¿se puede ser feliz en pareja junto a un fantasma?

Mi respuesta es sí, sí y sí.

Siempre que te quede un trozo de espejito mágico y que un hada madrina te contrate desde Estados Unidos y haga tus sueños realidad.

—¿Te ha gustado? —le pregunté a Jackie cuando terminó de leer mi novela.

—Muchísimo.

—Exageras.

—No, te lo prometo.

—¿Me ha quedado creíble?

—Increíble.

—¿Mediocre?

—Excepcional.

—¿Sensiblera?

—Conmovedora.

—¿Lenta?

—Trepidante.

—¡Es absurdo hablar contigo! ¡No eres nada imparcial! Además, me estás haciendo la pelota porque soy tu madrastra —dije riéndome.

—Nop. ¡Precisamente por eso debería odiarte! No sé qué hago queriéndote tanto…

—Vendrás el sábado a cenar, ¿verdad? Quiero que pruebes el gazpacho. También voy a preparar una tortilla de patatas.

—Hum… ¡Qué ganas! ¿Traigo algo?

—Pues… ¿un postre con chocolate? Y para mi compañero de piso, del ala oeste, compra también salchichas y mazorcas de maíz, por favor. Sé que las echa de menos. Danard y Sue…

—Sí, ya lo sé. Ellos no comen. —Añadió—: ¿Sabes? Todavía no me he acostumbrado a estar contigo sin verte.

Me reí.

—Es lo que tiene llevar una doble vida… Pero es muy gracioso cuando me hablas, ¡porque nunca miras hacia donde estoy en realidad!

Jackie se dio la vuelta.

—¿A qué te refieres? —me preguntó de espaldas.

Solté una carcajada.

—Bueno, me tengo que ir —se despidió—. ¡Nos vemos el sábado!

—Descuida, que el sábado me verás —respondí poniendo énfasis en el verbo «ver»—. Oye, ¿te importaría hacerme un favor antes de salir? —le pedí.

—Venga —respondió con paciencia—, te concedo un último deseo...

—¿Podrías apagar la luz?

—Por supuesto.

Jackie recogió su bolso, dio dos palmadas en el aire con decisión y me lanzó un beso.

El vestíbulo se quedó a oscuras.

En cuanto cerró la puerta, escuché la voz de Danard a mi espalda.

—Por fin solos —susurró.

Me di la vuelta hacia él.

Sonreí.

—Ven —dijo tendiéndome la mano—, que esta noche te voy a enseñar una habitación nueva.

En el brillo de sus ojos pude ver el reflejo rojizo de mi propio resplandor.

Agradecimientos y notas de la autora

En primer lugar, me gustaría darle las gracias a la poeta Vanesa Pérez-Sauquillo, porque uno de los personajes de su libro *Deseos de nunca acabar* (Lumen Ilustrados, 2017) fue el punto de partida que me inspiró esta novela.

Me refiero ni más ni menos que a Danard Wilder, protagonista de sus relatos «Theia, Espíritu de los Deseos de la Tierra» y «La luz de la inmortalidad». Tanto el nombre del cantante como el tema «Gap in the Map» se los debo a ella. Gracias por dejarme reproducir la letra de la canción y continuar desarrollando el mundo interior de este personaje que para mí ha sido tan motivador.

A esta misma autora y a Niall Binns debo también la traducción del poema de Dylan Thomas. Y a Elizabeth Power, el texto de Harriet Beecher Stowe en español.

Me gustaría también aclarar que Danard Wilder y el resto de los personajes del libro, los sucesos que narro y las anécdotas en

referencia a otros músicos o artistas reales son completamente
ficticios.

Por otro lado, quería manifestar mi gratitud hacia el fantástico
equipo editorial de Roca: a Gonzalo Albert, Carol París y Silvia
García, y a los responsables del diseño, maquetación, marketing y
comunicación de esta novela.

Gracias también a varios seres queridos que me han apoyado
en el proceso de escritura:

A mi madre, mi primera lectora.

A Marcos, que me ayudó a diseñar la *folie*, la fantasía arquitec-
tónica de Gap in the Map.

A Isabel, Olalla y Ana Belén, por su generosa lectura y sus
comentarios.

A Jill, exalumna de Miss Porter's, por su visita guiada a esta
institución y por su hospitalidad. Gracias, Matt, Evelyn, Hazel,
Tess, Mary Ann y Richard.

A Janice, por su valioso asesoramiento legal.

A Leslie, Frank, Caroline y Ryan, por acompañarme a las profundidades de las cuevas de Howe, en el estado de Nueva York,
para la ambientación subterránea, inspirada en estas cavernas y
en la bellísima Gruta de las Maravillas de Aracena (Huelva).

A Uncle Mike, por sus anécdotas captando impresiones sobrenaturales y espectros por Estados Unidos.

A Cristina, que hablaba de tú a tú con los fantasmas, y a los
miembros de mi familia que, como ella, ahora me orientan y pro-
tegen desde el más allá: mi padre, mis abuelos y Guy.

A mis hijos, que me dan alegría de vivir todos los días.

A Paul, mi gran amor. Porque solo yo sé el abismo que dejas
cuando sales de un cuarto.

«Para viajar lejos no hay mejor nave que un libro».

EMILY DICKINSON

Gracias por tu lectura de este libro.

En **penguinlibros.club** encontrarás las mejores
recomendaciones de lectura.

Únete a nuestra comunidad y viaja con nosotros.

penguinlibros.club

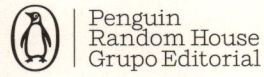

Penguin
Random House
Grupo Editorial

penguinlibros